生命

LEBEN

〔德〕大卫·瓦格纳 著
叶澜 译

人民文学出版社
PEOPLE'S LITERATURE PUBLISHING HOUSE

著作权合同登记号　图字 01-2020-1397

图书在版编目(CIP)数据

生命/(德)大卫·瓦格纳著;叶澜译.—北京:人民文学出版社,2020
ISBN 978-7-02-016033-4

Ⅰ.①生…　Ⅱ.①大…②叶…　Ⅲ.①长篇小说—德国—现代　Ⅳ.①I516.45

中国版本图书馆 CIP 数据核字(2019)第 300055 号

责任编辑　欧阳韬
装帧设计　崔欣晔
责任印制　王重艺

出版发行　人民文学出版社
社　　址　北京市朝内大街 166 号
邮政编码　100705
网　　址　http://www.rw-cn.com

印　　刷　三河市中晟雅豪印务有限公司
经　　销　全国新华书店等

字　　数　180 千字
开　　本　850 毫米×1168 毫米　1/32
印　　张　9.125　插页 1
印　　数　1—5000
版　　次　2014 年 8 月北京第 1 版
印　　次　2020 年 5 月第 1 次印刷

书　　号　978-7-02-016033-4
定　　价　68.00 元

译者前言

我是小心翼翼合上书的。没有一本书让我这样怯生生地打开，怯生生地合上。打开时的怯，是人自然的，血液里的，可以称之为集体无意识，对生命，对血，对人体，对死亡，红色和黑色，本能的反应是严肃的，这种严肃就与恐惧有关，恐惧从个人而言，可以是莫名的，而从人类来说，这已是人性本身，可以说，拿到这本书，看到大红的生命的字母在黑色的显示着血管经络的人体上的封面，我的第一反应，是一怵，是小说吗？起码没法让我自然地欣喜起来；译完之后，合上书的那一刻的怯，却是清醒的，我怕吵着什么？是主人公，他换了肝，在病床上躺着，那样平静低调叙述着故事？是主人公的对话伙伴，那个身体已去，只有肝活下来的生命？是只在他故事里活着的故去的那些人和事？是他故事里那么真切的感激？还是轻纱一样的浪漫的诗情？我怕触动了那人，怕触动了那魂，怕触动那画一样的静，怕触动那无风的水面一样的平。我怕轻轻地咳一声,就会搅场,没敢出声。这一刻的怯,更深,因为我的掩饰被剥落,我的恐惧被点穿,译完了,梨花落地的声响。

感谢作者的Happy End,而且让我看到这愉快结尾的现实继续,不是化蝶后的雨过天晴,更不是好莱坞式假想的幸福,我见证这幸福结尾的延续,很安慰,很阳光,衷心祝福他。

我先说这些,想让自己回到现实,从灵魂间的对话和虚虚实实的叙事结构中出来。

* * *

有人评论,从没有人这么平静地写过死。他是在写死吗?虽然,病床上的他想到的梦到的说到的,是死,那么多地出现这个字,那么多地记录死的事件,可感受到的是他活过来的过程,活着的平静呼吸,平常听着故事,打着招呼的表情,他病床延伸出去的是鲜活的社会,柏林的大街小巷,意大利的海边,墨西哥丛林,各式人种人群。我甚至都会想,午夜,那些操着各种语言从我住的街边散步走过,骑车经过的年轻人,是否与他有关,是卡加,是吕贝卡,是尤莉娅们,还是那个下了班的医生护士,柏林于我,亲近起来。他写出这个时代、技术、革命、战争、种族、杀戮、情爱、吸毒、事故、富裕、贫困……他写情感、牵挂、感激、爱、无聊、厌世、求生，他写血与肉，写人群社会，写个体的心灵，无论如何，平静的语调，平静的目光，平静的心跳。

这种平静是如何做到的？从头到尾，我一直在问。

故事从午夜开始发生，主人公独自回到家，吐血，叫急救车去医院，出血是静脉曲张破裂造成，因为他患有严重的肝病，从死亡的边缘救回，之后再次发生，换肝已迫不得已，曾为不吵醒女儿，拒绝了一次机会，后来又等到了肝移植的机会，以别人的肝，幸运地活了下来。小说记录了肝移植之前的几次住院，接受肝移植后在康复院和病房里自己内心对肝的主人的感谢，以及在病房的感受与经历。所有的人和事，是躺在病房里，经历的，想到的，和病房里的病友对话而来的。自始至终的第一人称的叙述角度，病情发展的线索，作为病人，自然生死攸关，必有惊心动魄的时刻，可对于小说，能有比这再简单的叙事方式吗？对于读者，还能有比这更平淡无奇的故事解读吗？谁会对一个平铺直叙的个人病情报告感兴趣呢？连我自己在翻译的时候，经常不假思索地直译，这，是小说吗?这会好看吗？这甚至是比公开日记还简单的方式，连日期都不用顾及，是什么能让你看下去呢？一处处的细腻描述，写出你也经历过的许多情景，你会禁不住一次次会心一笑，随处可见的奇思妙想，禁不住令你拍案。如此个人的经历，读来却兴味盎然，如此平淡的语气，亲如朋友聊天，切如自身感受，你是不会把一个熟识的朋友写给你看的信，放下的，你不会对一个熟识的朋友的病情经历毫不关注的，你更不会对生死之间的命运漠不关心的，这是读这本书的直观感受。可生死怎能做到如此轻描淡写？痛苦和生不如死的感觉如何这般轻轻掠过？认识了这本书，知道了这个故事，甚至熟识了写故事的这个人，可是疑问却更加挥之不去了。

这平静哪来的呢？想起《简·爱》里，罗切斯特和简·爱的一段对话：

> 问：你怎么能做到这样无动于衷？
>
> 答：凭我的脑袋。
>
> 平静显然是要智慧的。

* * *

多少人说着生死的理论，多数是强作诗的少年般的愁容。可真有过愁，却也未必能成诗呀。谁都可能听过一些经历了死的威胁的人的故事，他们如何看尽人生，于是“看破红尘”便成了某种智慧，这显然是离智者近了，可这是应了现实需要的，是得用某种想法去操纵的，红尘看破的同时，也会把其他一些东西看“破”的。可此书中那份感激，情爱般缭绕，让你生疼，让你敬重。起死回生，不仅是件幸运的事，更是有爱，有大爱如空气在此间荡漾的，你不必去特意感受，却依赖于此。作者是可以把这样的空气化为山岚，化为春风，沁入心扉的。

“病房就是故事屋，每个新进来的人，都带来新的故事”，书中的人，是几个病房里的病人，出去幽会的酒商，跑堂服务员，颇有特权的前东德厨师，民族仇恨中的黎巴嫩卖肉师傅，走廊里低声下气想打个电话的西伯利亚男人，高大的不停唠叨的有食人幻想的女人，早晨不聊天只读报纸的，刚刚去世的老人，不同性格的护士们，拖着地不看人的清洁工，说着法语却说不喜欢法国的黑人和操着柏林口音的推车工，甚至那些叽叽喳喳聊着病情的人群，有的记录了一些对话，有的只是一两个场景，构成的已是一幅丰富的社会历史画面，繁杂的时事拼图，有趣的社会众生相。记事，不求故事发展，不求情节曲折，断断续续，时有时无，这种随意，结构性打破了一般小说故事的写法，毫无桎梏地写人和事。事实上，我们感受到了一种强烈的诗质的韵味，感受到了只有诗才有的自由和大气，而作为故事，也一点都不缺乏可读性——熟悉的，细致的，让很多人有同感的细节和感受，让读书的趣味充分释放，亲近感扑面而来，使之魅力四射。

在“我”与旁边病友的对话里，“我”基本是个听者，记录他们的谈话内容，也加自己作为旁观者的评价，描述一个个不同的人文景象。令人叫绝的是书中的另一种对话形式：和自己对话，想像自己穿过走廊按电梯下楼，出医院，走在簌簌的秋叶上；想像自己下楼之后和那个还在房间“瞭望台”里的自己挥挥手；让自己漂浮着，俯瞰病床上的羸弱之躯；让自己旁观自己的葬礼。灵魂出窍，似鬼似仙。和自己肿大了的肝对话——昵称“我的大白鲸”；和移植后的新肝及肝的主人——“你”对话，将身体的一部分作为对象，将自己从身体里分离出来，尤其对新的肝的主人，如对舍身救自己而逝去的亲人，内疚和感恩，那种随时随地浮现的眷顾，即便看着雪花也会幻想着是“你”，不思量自难忘，生死两茫茫的情人般的缘分，躺在没有病友的房间里，想着“现在就我和你躺在床上”，完全融合一体，觉得自己因你而活，因你而不孤独的心境，如此感人地表现出浓浓的情意，美轮美奂的温柔。除了怀胎的母亲与胎儿的喃喃心语，有谁这样对自己的一部分默默私语过？“我”此处是个说者，是个爱倾诉的角色，更换了叙事视角，剖开了情感独特层面，有了某种哲学醒悟，更有了彻头彻尾的浪漫诗意。此魅力撼动你，让你从此不忘，有人如此说话，你甚至会学会一种思维方式，多了一个说理的途径，而这个途径是多少智者想用信仰的方式告诉你的。

而关于移植，除了在情感上有诸多感人体验与细腻感受，也还提供了独特的哲学的思考和社会学的观察，器官是什么？器官属于谁？谁在继续活？人如何定义？这些故事是医院的，却绝不仅仅是医院的。智慧在这里却强烈地超越了情感，读小说便从情感愉悦到了思辨乐趣。仁者智者都要读下去。

人活了死了，角色上场了下去了，零零碎碎拉拉扯扯的故事结束了，却看到这些人在一个结构中存在着，某时某刻某人的重现，像有个性的旋律，在整个歌剧中的出场，作为小说不工而自工。

* * *

书中的几个女性，如此有层次感地穿梭着，即使是最亲近的女儿和母亲，也从没有集中着墨，女儿最初的出现是小说的第二句话，“孩子在她母亲那儿”，结尾的一句又是女儿“爸爸，你很快可以回家了吗?”，中间出现过，在半夜接到可以有合适的肝做移植的电话通知时，因不想叫醒熟睡的女儿而马上回绝了，像回绝一个比萨饼外卖，写到艰难的治疗过程难以承受时，提到了女儿没有了父亲不好。寥寥数笔，女儿是他活着的最大理由。写到母亲，病了，死了，冷峻几乎到冷漠的笔触，“一个在羊毛毡上快要死了的母亲”“当然没有打网球开敞篷车的母亲更让我称心”，可母亲活着的形象在梦里，在自己于死亡边缘的时候，在医院窗口放眼望去，看到停车场的甲壳虫车里，魂牵梦绕里的母亲！同样的是对死了的吕贝卡，几乎没有正面表达的爱情，写留在巴黎的睡衣，写为亲手送一封信，自己从夜半到天明四五个小时在柏林大街小巷行走，在病床上忘了她死了，想着她会来，可以和她沿着河，踏着落叶走到北京广场。另外的几位女性，若轻纱薄雾，女医生转身里去时淡淡的香水，理疗员好听的一声声“抬起脚，别拖”，还有又一次邂逅的医学院女生，墨西哥旅行的偶遇等等都自然点睛，使小说更具备了完美的韵律，增加了阅读的滋味。浪漫，不是某个行动，而是像一个气场，不露痕迹。

而几乎同时，这些女人形形色色的交往和不同的关系，是个宇宙，每个星球有自己的运行轨道，同时又在一定的经纬度上网络般构成体系，或真或假的爱及其性，或大或小的欺骗与背叛，录像般展示时代，如写亲情与眷恋一样，平静如镜，不愠不怒，真实如社会版新闻，纪实又充满人性的理解，有了某种塞林格的色彩，显示出不凡的社会小说的特性，使一本描写病情与情感经历的小说，笃然有了大家品质，超然出众。

* * *

不止一次写到快死的感觉，见到死去的亲人，说到欲死的心情，却只是用如“只要沿走廊，下电梯，出医院”，跳到“冰冷的河水里”的想像，或如“俯身窗外”“只要从这里跳下去”，不过“会给护士惹麻烦的”这样的句子，让人不敢出声。更是突出的一段，“死亡报告”，十几页，罗列几十起死亡事件，悲情，事故，凶杀，惨案，像警察局的报告，几乎让我毛骨悚然，竟然以诗歌的排版，还以平常的陈述句式，一副见怪不怪的神态，让人不寒而栗。死，是如此近地存在于我们的生活中，是如此容易地与生命擦肩而过。死，就是生(活)的一部分，活着是这么偶然的事，屏住呼吸读完，不敢轻言。同样饶有意思的一段是《疲惫》，几乎不加修饰的语句，重重复复地写形形色色的疲倦，就连此刻我还在犹豫是否就译为“疲倦”，却安排得如此有诗意，让人想起泰戈尔、纪伯伦，前辈诗般的译法，我想我该就地学习。

* * *

最让我享受的，是一段段简短的，有时只是一两句的景的描写，“窗外的叶子落了，树秃了。”“叶子黄了，那个季节叫什么来着?”“远处，黄的红的一掠而过”“白色的天空”。还有半昏迷状态中，“我的床是太空船”“是阿拉伯飞毯”，“我的床是筏，我用它漂洋过海。”直白如孩子，想像如童年，赤子之心最美。而如“吃了那么多药，早已变成了另一个人”“我的悲伤是药物化的”，“我身体的生物化学决定我的情感”又仅仅只是幽默吗？

这样的平静如何得来？看不到宗教，看不到信仰，没有哲学，甚至看不到特别的理念，那所有的视死如归的理智，毕竟倚着强大信仰的，要凭坚定意志的，要克己努力而来，要修炼而来，要挣扎而来，而他哪来的？我几乎不敢只说此书是深刻的，因深刻也是要看清世故后，带几分狡黠的。而他的平静却质如天然。

*　　*　　*

有太多的理由给这本平静的小说掌声。虽然作者从2000年以来就在文坛上引人注目，2013年作者因此书的出色在莱比锡书展获最佳图书奖。生死作为文学永恒的主题，本书在精神上的独到感悟，内容上的不可多得，展示了文学意义的根本气质和唯美。它的浑然天成，让人们并不太注意作者自己真的亲身经历了这个生命过程，因为，这已远远不是个人经历感受，而是在对生死充满睿智的体验后，作出的难能可贵的认真的答卷。咖啡馆里，我还是问了他写作的初衷，他答：是呀，我经历了，我觉得有责任要写下来。轻轻的一句，还是那样平静。

对，我想，就是它，就是这责任。智慧也罢，经历也罢，胆识也罢，视生命为责任，视承担为己任，生命之重，才能如此直面，才能做到如此举重若轻。这也许正是此书的馈赠。全书写着肝脏，让你看到的是心。愿他的这份坦然和平静感染我们，洗涤我们，拭去心头的雾霾和阴沉，让我们的天空亮堂起来。

此书译成，我先生的投入和孩子的体谅，都让我感动，当医生的哥哥逐字逐句修改有关病情和病历的文字，使之出自一个真正医生的手笔，韩瑞祥老师关于此书生死观念与精神的谈话，也给我启发，出版社的欧阳韬先生为此书最后的出炉付出辛劳，借用大卫·瓦格纳的句式：我将翻译中的一些感受，就这样记录下来，就是感谢的一种方式。

人民文学出版社和柏林文学之家把这样的好书挑出来给中国的读者，是做一件好事。

怯生生合上书，我充满敬意。

叶　澜

2014年5月于柏林德累斯顿街

致中国读者

亲爱的中国读者：

我很高兴，同时也不无惊讶，您现在能读到这本书的中文版。

这在2008年的夏天开始着手写这本书的时候，我都没敢想像。

这本书从写完到在德国出版差不多用了五年时间。不过，一本书写得完吗？文学的伟大之处，不正是在于，书在那些读它的人的头脑中，一直继续写着？每个读者不就是一位译者，把读到的转译到自己，自己的生命和自己的环境中吗？

您，亲爱的中国读者，此时此刻您可以读您自己的书。一本中国的书。我希望，您也许可以读到您生命中的某些事，这本在德文中如此朴素简单地叫作“生命”的书。第一位译者叶澜使之成为可能。在这里我衷心地谢谢她。

这本书说的事也许是普遍的：我是说，这个故事是个奇迹,一个人,本来要死了,却因一个慷慨的礼物,一次最慷慨的赐予,得救了。一个本来要死的人,通过另一个人的器官,能够继续活下去。这在我自己身上发生了。

我想在此书中讲述这一奇迹和对依然活着的惊叹,因为生命如此美好。

您的

大卫·瓦格纳

2014年7月于柏林

一切就是这样

一切也完全不同

血

午夜之后我回到家。孩子在她母亲那儿，女朋友没在，我自己一个人在家。在冰箱里，找到了一瓶打开过的苹果糊，拿勺子舀着，一边翻着还摊在厨房桌子上的报纸，我读着有关蚊子的文章和它们在雨中为什么不会被落下的雨滴打死的问题。我还没弄明白它们究竟是如何逃生的，我的嗓子痒了。我呛着了？被苹果糊呛的？

我起身，走进浴室，照着镜子，没看到什么特别的，什么都还那样，也许有点儿苍白。这会儿我已经在浴室了，想就刷牙吧，反正一会儿就要睡觉了——可就在这一刻，我觉得我要呕吐。我转过身，弯腰趴向浴缸，已经一口喷出来了。当我睁开眼睛，我被浴缸里的这许多血惊呆了。它慢慢地流向下出水口。

我明白，这意味着什么。B先生，我的医生，我十二岁起就是他看的，几年来经常警告我的。我知道，这是食道静脉曲张,我食道中的静脉爆裂了,我明白,现在我正在内出血,我不能晕过去,我必须给急救医生打电话。尽管如此,我在考虑,我考虑得很慢,叫一辆出租车去医院,但最后我还是决定叫急救医生来。在镜子里我看到,我变得更苍白了,去找电话,在书房的书桌上找到了。还真有本事,竟然拨错了紧急电话,我拨了110,听到一个声音在说:叫救护车您得拨1-1-2。我挂下了,问自己,这是不是一个信号。我最好还是待在家里?叫一辆救护车去也许有点儿夸张?我等了一分钟,电话还在手里,然后告诉自己,我最好别在这儿出血死了,下个星期,还是在复活节假中,孩子就要回来了。于是我又拨号,小心翼翼地,这两个键紧挨着,1-1-2。一个亲切的声音回应,告诉我,我得打开房间门,开着,——不过,我还是决定,重新穿好鞋、外套,去外边迎一下医生。我知道,在这儿他没法为我做什么,我必须去医院。

我在楼梯上迎面碰上了急救医生和两个救护车助手,打了招呼,说:就是我,我必须去医院。我马上注意到,他们把我当成了装病的人,他们没有看到浴缸里的血。在救护车上,我坐在担架椅上,朝后坐着,医生不知道拿我怎么办,他看着我的急救和器官捐助证。我说,我得去菲尔绍院区,夏洛蒂医院的菲尔绍院区,我报告着我的自身免疫性肝炎,肝硬化,食管静脉曲张,还有我肝门脉高压等等,说着说着,我感觉到嗓子口又有什么东西了。手刚到嘴边,血已经猛地喷出来了，溅满了半个车。一幅泼墨影片景象，几乎让我发笑，只可惜这会儿不是人工的溅血。那个急救医生，惊呆了，我的血顺着他的两个眼镜片流下来。他给我按上针头，给我输盐水，车终于开了。稍过了一会儿，我看到街边树的摇曳，还有顶上的星星——我很吃惊，为什么这个急救车怎么就没有车顶呢——，我又要吐了。我躺着，一半吐进了透明塑料袋里，大部分流到外边，溢到地上了，我知道，这血若不马上止住，我就会死的。

病史：胃肠道出血史。已知静脉曲张病史。

药物治疗：100毫克静脉注射丙泊酚。

发现：在食道下部1/3处可见四处直径大于5毫米静脉束。(静脉曲张突出管腔直径50%，相互接触，Ⅲ度)。在贲门以下胃小弯一半处浅表静脉呈鲜红色。活动性出血。胃部有凝血块，评估不足。

治疗：在距牙齿34厘米至39厘米一段橡皮圈结扎6处，内镜治疗下止血。

1

我醒来，不知道自己在哪儿。一根管子插在我鼻子里，新鲜清凉的空气，山风，还带着些异样的味，沁我心肺。一条半结冰的林间小溪在高高的松柏间穿行，结了白霜的草在太阳下闪着光——我显然在画着一幅年历画。我听见呻吟和杂音，听到点滴和沙沙的声音，还感觉到一只手在我的左上臂，抓住我，拽得很紧——然后又松开。这不是手，我一会儿就注意到了，这是一个带绷带的自动血压器，每过一刻钟就量一次，记录它，然后又到睡眠状态。听上去，像人吹充气垫。在这个充气垫上我漂向海洋。

2

他们站在岸边向我招手。他们在等着我，他们都到了，我的妈妈,我的外婆,吕贝卡,亚历山大,我的外公穿着制服,我的曾祖父母,第一眼我没认出他们,因为之前我从来没有见过他们。他们来了,来欢迎我,他们站在沙滩上向我招手,对,真的,我听到他们呼唤我:欢迎,你总算到了——可一个大浪袭来,没有把我推到沙滩上,像我期待的那样,呵,不,一股暗流又把我拉回到海里,更远了,很快,岸在我的眼里消失了。

3

我睁开黏着的眼睛,眼前一片模糊。一个房间满是彩色斑点——这倒使我想起,可能是我没有戴上眼镜。不知道会放在哪儿。尽管如此,我还是可以看出点东西,我只要稍稍眯上眼睛:窗户在右边,门在左边,门是开的。很多器具围在我身边,电线,三个还是四个显示屏,我听到嘀一声。指挥中心?我喜欢我的宇宙飞船,我这么轻盈,没有重量,我能飞。

4

城市上空很亮,我飘动着,往下看。我看着,又重新想起来了,我什么也没忘。这医院的平顶,这白色的鹅卵石,那运河,那发电厂,站台,这一切,我都可以看到,我躺着,我在这城市上空飞着——几分钟后，几个小时后，或是几天后我才会回来，回到我的皮囊里，回到这张床上。

5

呵，怎么，我没躺在坟墓里，我没躺进土里。天亮了，然后又黑了。我躺在医院的一张床上，在一张有轮子的床上，我会被推出去。如果我转一下头，我会看到天空。今天它是白色的，前面垂着光秃秃的桦树枝。窗户是斜开的，清冷的空气新鲜甘甜，我听到了鸟儿，它们叽叽喳喳，意味深长。一道阳光透过云层射过来，照到另一边，红砖墙的后面，海的另一边，有一个坟墓，我曾到过那儿。

6

有人洗我的背，刷我的牙。我什么都不用做，只要躺着，我甚至不用吃饭，一个护士给我带来宇航员营养，流质餐，凡身体需要的，里面什么都有了。

宇航员饮料是杳蕉味的。现在找知道了，我完仐明白了，这个房间真是我的宁航船，找是在飞向火星。至少到火星。即使是轨道再便捷，也要花一年的时间，或更长。我适应了，我待下来。

7

我的眼镜又在了。我戴上它，看看周围，又把它拿下来。我想，这一切我不需要看得那么清楚。

8

我问起B。听到了，他不在，他休假。一个肠胃专家走进房间，叙述着是如何把静脉出血止住的。是用内窥镜的方法把它给制服的，也就是说，用一根软管推进我出血的食道，在这根软管里，装有一个仪器，通过它，把一个橡胶夹子夹在爆了的静脉上，这样，静脉曲张出血被控制住。我很幸运，这项技术出现的时间还没多久。就在二十年前，面对这样的出血，人们没法做什么。我失去了几升血，我的血红蛋白值不好，还有肝的数值，也因为出了那么多血，导致了蛋白丢失而更加糟糕。但，我活着。

9

一个病人，我眼睛看不到他，但因门开着，我能听到，在抱怨，房间里没挂钟。他要观察时间走得快还是慢。或者，是不是还真的在走？如果走，那朝着哪个方向？我对此并不肯定了。

10

从急救室我要转到肠胃科的普通病房了。这儿躺着的，我不得不笑出来，都是餐饮业的。一整个上午，和我躺在这儿的，是一个厨师，下午他离开了，接着进来的是一个跑堂。这个跑堂把柏林东边的酒铺子跟我数了遍：特路沙啤酒吧，波恩霍尔姆小店，麦茨角，奥德坎饭店和废墟酒吧——那会儿在奥德伯格街的栗子树大道拐角，那个房子，今天是一家复印店，照他的说法是一家破落的酒吧。他原先是歌剧院咖啡厅的服务员，作为歌剧院咖啡厅的服务员，在民主德国时期，服务员是挺厉害的人物，他可以随便去哪儿醉去。不要钱。是啊，这不，今天得报应了，他说。

这个跑堂可以回家了，现在我旁边躺着一个卖肉师傅。这个人当了四十五年卖肉师傅，实在是很长了，很多的香肠。是啊，我们一直吃得很好，他说，从来饿不着。这最后的十年，这个工作对他来说不再是什么好玩的了，这个他干了二十四年的肉铺，不得不关张了。此后，他在一个香肠厂工作。他在那儿生产出来的东西，他自己是不想吃的。去年他在病房待了十六个星期，他已经忍受了很多事，我们索性不说了。

11

一个护士进来，说，运送车到了。我得去做超声检查，不过，我可以躺着。这医院究竟有多大呀。几里长的走廊，几乎所有的大楼间都连着，地下有病床轨道。医院的床其实就是一辆车，有四个轮子，这是一个病床，我躺着滑着，通过长长的走廊，推进一个电梯。我想着一个超市的推车，再是一辆童车，今天推我的是一个非洲人。在电梯里，在医院中间大道地下的过道里，上面是栗子树的根，他自己唱着。我问他，他在唱什么，是什么语言。象牙海岸的一种语言，他说。我继续问，他说着，他出生在巴黎，在19区。他无法忍受法国和法国人，尽管他自己是法国人。他在那儿生活了十八年，这够了，永远，他说着这些，全用法语。

我不是也曾经在巴黎生活过？在罗什舒阿尔大街右边的巴贝斯，我每天走过戈多市场？我躺着，他推着。我很想问他，是否经历过病人在途中死去的事，最后还是没敢问。

12

也许我已经死了？这一切都跟我无关？我只是看着？

也许我只是梦到了这个现实，彼岸就是，在一个床上躺着，必须回忆生活的一些插曲，不管我愿意不愿意。昨天或是前天是我的葬礼，也许还就是今天。或是明天。

13

到了房间，我又挂上了点滴，我听不到它，只能看到它滴下，仔细看着。

14

那卖肉师傅说，以前他到过一百五十五公斤重，一直好吃，一直有的是烤肘子，啤酒，这让他现在有了脂肪肝，眼下我在等那啥新的。他有腹水，总是拖着两啤酒箱的液体在肚子里，在床上哼哼，无论如何，他还可以起来。好吧，他说，用不着买那些个慢转密纹唱片了。

这句话在我的大脑里回响着。我还得买一张慢转密纹唱片？还值得吗？等到孩子足够大，究竟还要等多久？要多久，我一下就理解慢转密纹唱片的全部字面意义，其实我已经不再买唱片，不再买慢转密纹唱片了？慢转唱片曾经是重要的，非常熟悉的简称，谁买慢转唱片，那会儿，当音乐还要买的时候，几乎就是成人了，买唱片的都懂点儿音乐，他们已经过了只对某一首热门歌感兴趣和单买的阶段。一张唱片，要很多钱，非常多，几乎是一个月的零用钱。

15

来看我的人，带来了花。不久，就像在花店里了。或者就像在葬礼上。到了晚上，这些花不再被摆到外面门前的走廊上，像我小时候住院经历过的那样。我问的护士回答我说，她们够忙的了，而且，也没必要。更重要的是要时不时地开窗透风，让每个病人有足够的氧气，

16

孩子没来看我，孩子的妈妈认为，不要看到我这样。她也没错，我也不想看到我这样。

17

我喜欢这刚换洗的床单被套。床单感觉浆得很挺，同时柔软而干净。我被照顾着，我被护理着，他们什么都为我做了，帮了我，我好了，越来越好，我被救了。

18

我的同屋看着电视，他塞着耳机，有时我也一起看，看那些做特别的事的特别的人，我享受着这无声的电视。屏幕挂在天花板上，他通过放在床头柜上的象牙白老式电话机键盘遥控。这儿的电视绝对说不上什么享受的，屏幕，一个笨重的方形显像管屏幕，挂得太高了，要换台很费劲，每一次换台，得按一个新的、不太简单的按键组合，这样，屏幕就会变黑，还黑一会儿，四秒钟后，想看的频道才会显出来。有时也还不是。四秒钟对医院来说甚至可以说是很长，所以，这样的动来动去一点都不好玩。

19

我十三岁那年在医院躺过几星期，我父亲带了个小索尼。那会儿房间里还没有电视，至少在我所住的医院里没有，儿童病房里就更没有了。谁有一个小的、便携的机子，就带着，或让人带一个来。我的那个，母亲工作间里的，放在床头柜上实在是太大了，让我看到了挑战者宇航飞机是如何爆炸的。我看到它们一再爆炸，又一再起飞，放焰火般，我的第一个电视灾难——那些画面，现在在我的脑子里，与接着的一些大灾难，与双子座的撞毁，叠在了一起。塔楼倒塌，飞船爆炸，对我来说，曾经这样，就好像那会儿，在儿童病房的时候，挑战者飞船失事的时候，知道，宇宙飞船的事因此就这么过去了。宇宙飞船在六十年代是个未来，一个昨天的未来，没有实现。没有人再飞向月亮，没有人，没有人出发去火星。

20

床可以调节。我可以提高床面，可以升降头和脚的部分。但我想，我不可以把它弄得太舒服，否则，到头来我不想起来了。

21

星期六只有杂豆汤，星期日没有访客。星期一走廊一片繁忙，好像两天的清净要补回来似的。此外，每天就没什么特别的了。杂豆汤在我童年的时候就有，星期六，豌豆和小扁豆，简单菜谱，如果我妈妈不在家或没有兴趣烧饭。

我又可以吃饭了，但我还是很小心。开始，我只敢吃糊糊，因为我怕吞咽的时候受伤。不会再有什么没仔细地嚼，有那么个尖的边，匆匆一咽，就会让一个血管爆裂了吧？我还是最好不要回忆起食道出血。

22

我感觉到我的手表在手腕上，我父亲的表，自动上发条的，我注意到，它停了。在手表的玻璃面上，能看到两个细小的红斑点，血渍，我把它擦掉，来回晃晃胳膊，直到秒针又走起来。表走了，可显示的时间并不对。有时候，我还有那么点力气的话，就动动我的手臂，让手表不至于一会儿又停下。这样，有时候我看起来就像和并不在场的什么人挥手似的。

23

我睡在外边的船舱，在舱壁上有一个舷窗，我看到水，很多水，有时候有一个岛漂过，一艘潜水艇出现，一片冰山移动或一个孤独的泳者，几乎要放弃了。这一定是个过去。

我乘上船，我在船上，船在我的病房走了一遍，从枕头到床头柜，从床头柜到壁柜，从壁柜到桌子，到椅子，到窗户，进到浴室，到墙上的电视机，再继续。我在途中，在床上出行，病床推着，生病是伟大的旅行，壮游[1]，曾经到了地下世界也许又归来。生病是真空时刻，是穷者的旅行，我没有在哪儿

① le grand tour，文艺复兴之后，欧洲贵族子弟到意大利游学。

读到过。

24

窗的上方一角蓝色的天空,我闻到了床头柜上玫瑰花的味儿,还有条纹的床单的清新,我喜欢这浅蓝色的条纹,平滑地摊在我的肌肤上。您桌上的花很漂亮,护士说,外边天亮着,不在这里,真感觉不到。

她帮我,像每天一样,把血压器的套围在我的胳膊上,扣上绷带,我注意到了,绑带的声音很响,我已经喜欢这种声响,当她一会儿又打开绑带——,她的左手捏着压力球打气,又让空气慢慢泄出,她把听诊器末端压在我肘窝处,边听,眼睛边盯着血压表。其实她需要更多的手,一只负责听诊器,一只负责血压表阀门,一只扶着我的手臂。可她也只有两只,跟我一样。

我喜欢这种触动。

我的白鲸

九天之后我可以回家。苹果糊还在桌上，浴缸不太像样。女儿旅行回来了，和她母亲一起过来的，她对这个孱弱的父亲感到吃惊，尽管她才三岁。好好走路，她说，当我站起来，试着一步，两步，三步，四步走着。你得这样走路，她说，还在我面前做着样子：挺起来，站直，迈步。一个父亲，我提醒自己，应该高大，强壮，不会受伤，还不会死。

卢慈吉女士端来了烤牛肉，我躺在床上，睡得很多，几乎没法走进浴室，看看电视剧，很多集，我有时间。我看《六英尺下》和《黑道家族》，还有《迷失》。

一星期后，我又出血了。又进了医院，这次，血是往里面流的，倒真的是打出租车去的。在急救室，我晕过去了，又手术，又血管结扎，又进观察室。我没有很多血了，输了两袋血浆。

25

醒来的时候，我看到了B在我房间里。他笑着祝贺我：我还在，还活着，是个小小的奇迹。他继续说着，我听着，我喜欢他的声音，我已经认识它很久了，二十四年了。我知道，这个声音一会儿要说什么，我知道，我又得上那个名单，我得重新回到等待新的肝脏的名单上，我曾经在上面，直到前几个月。您必须重新到名单上。好吧，我说，我知道。

26

检查指标很差，我必须待在医院。

我待着，我无聊，慢慢又学习走路。拽着一个理疗师的手，我缓慢走过走廊，她提醒我，抬脚，别拖。我继续拖着，因为我想再一次听到她说，请不要拖，她的声音我也喜欢。靠着她的手，我晃悠到了走廊的尽头，看着，我们并肩站着，在直升机停机坪上，场上标出了一个大大的H。突然，我幻想着和她，这位漂亮的理疗师，她的声音也如此让我喜欢，在那儿登上一架直升机，飞进灰白的天空，无论去何处，我梦想着这伟大的逃亡。这心理治疗师却说，我们得继续走，沿走廊走回去，走过那些斜框框着的、左一张右一张挂在墙上的年历画：赛丽雅兰瀑布，冰岛上的一处瀑布，复活节岛上的摩艾石像，两座落日下的平顶山，犹他州纪念山谷，香烟广告和约翰福特西部片里的东西。框里的纸有点儿斜。

在走廊的另一端，我们走到了几个座位边，一张白色金属丝做的桌子，三张椅子，只有两张有垫子。一盆白色兰花在一个通常空着的架子上盛开着。——也许是塑料的？不，这植物看起来如此。一直还拽着心理治疗师的手，她叫约翰娜，胸牌上写着，我转过身来，又向停机坪方向晃悠。我又注意到墙上的另一张年历画，梦幻之岛波拉波拉，法国的波利尼西亚，这张照片的颜色主要是绿，青绿，和蓝。我说：约翰娜，我想跟您去那儿。

27

我又成功了。行脚僧称生命是旅行，我起码到了浴室。

28

白天,我可以没有约翰娜的帮助到走廊里去,我注意到一个灭火器,挂在一个壁龛里,那里也可以是用来放一个圣像之类的。一条木头扶手,沿墙贯通整个走廊。我走得很慢,经过小推车,创伤绷带(无菌包装的)、创可贴、消炎霜和一次性手套摊在那儿。再后面是两张用透明塑料膜盖着的空病床,等待着新的病人,塑料膜包着,保证了床防菌和清新。我让自己绕过去,撑住一张床的床头,就又到了白色铁丝网座椅的兰花边。靠窗的椅子上这次放着《时代》杂志,前一天我没看见。我拿过来,翻开来,读了几行关于开罗一个大垃圾场的报道。比起其他的,我喜欢这本杂志,不过,我觉得有点儿怪。总有哪儿不对。那些占据了整个版面的汽车广告,比如新款萨博,已经旧了,不成形了,小一些的广告提到的公司,我很久没再听到了。还有王氏电脑吗?我扫了一眼杂志封面,呆了:这本《时代》杂志是1987年出版的。1987?怎么会到这儿的?现在是哪年了?我又回到十五、十四、十二岁了?

29

我十二岁,肚子疼,我经常肚子疼,我并不太在意。那一次，是在除夕和父亲滑雪度假的时候，我父亲朋友的朋友是个医生，他看了我肚子，用手敲诊，发现我的肝肿了。他认为，我回家得去检查。一个星期后，我的家庭女医生检查出我得了肝炎，必须住院，那儿的医生怎么也发现不了，我的肝炎的起因，既不是甲型，也不是乙型，也不是非甲非乙型，像八十年代初丙型肝炎不同形式的名称。最后，我住进了波恩大学医院的儿童医院，做了很多次穿刺，确诊，我得的是自身免疫型肝炎，我免疫系统把自生肝细胞当作异体对待，形成自身免疫抗体，这些抗体，引起了肝部的炎症。为什么免疫系统会这样，至今也不明确。

30

我从窗户望出去，看着对面大楼里二层的手术准备，一个房间里站着两个穿着绿色手术服的妇女，墙面贴了瓷砖。一个刚套着橡皮手套，她们一起整理着手术器具，聊着。几个窗户过去，上面一层，我看见一个白发的男人，他坐在桌前，看着外面。我们看到的正好是同一棵树，我窗前的这棵树，我的树，整天在我眼里的树。他把它当着他的了。底下，我听到踏板的声音，一个穿蓝工装的人骑自行车经过，也许他是这儿的技术员，他骑的是一辆折叠式车，看上去闲庭信步，非常自在地蹬着。

31

我十二岁，然后十三岁，我的肝坏了，它或许早就发炎了。虽然还是个孩子，我的肝，却已经像一个酗酒五十年的人的肝了，但还可以用它正常肝功能的三分之一继续生存，指标不能再差下去了，B医生说。一个可的松和免疫抑制剂的治疗开始了，炎症下去了，硬化留下了。我很好。我很好，直到药物的副作用开始出问题。

我浮肿的脸像满月，一个十几岁的人，看起来像只白鼠，脸比赫尔慕特·科尔的还圆。我的皮肤变薄，骨头变软，像老年妇女一样得了骨质疏松，一再地得腱鞘炎，稍稍一碰就出现乌青。我成了个绿色之星，可的松使得眼内压升高，我得一直滴眼药水，这让我的瞳孔变小，小得像针尖，我几乎看不清什么了，看上去像是吸海洛因的。我变近视了，戴上了眼镜，皮肤上出现肿胀纹，我吃的药越来越多，治药物副作用的药，又产生了新的副作用。总是通过药物的副作用知道问题在哪里，——只有从副作用上，我注意到，我究竟病得多重，——这句话，是快三十年来，总是对医生说的。我吃药，二十三、二十四、二十五年了，早上、中午、晚上，我吃药对抗药的副作用。有时，我想像，我可以听到我的这些药的交响乐在我身上作响——像合奏，多奇妙的声音。

32

我的树在招手，用它的枝招手。它在晨曦中招手，在风中招手，在它树冠温柔的波澜中招手。

下面站着一个园丁，在给草地喷水，和头一天比，多了一小块荫凉地。对，我想，他是在那儿新栽了一棵树。路上停着小推车，上面一只蓝色的垃圾袋，皱褶着，装了半满。

33

这儿时间凝固，它堵塞着。有这么多的时间我本该郁闷才是。

34

我十五岁，而我的眼内压如此之高，不得不每两周就去量一次。我不去紧挨着学校的眼科医生那儿，我宁愿去眼科医院，我好有一个理由，在第二或第三节课后就离开学校，坐城铁到火车站，绕路，大部分时间步行，有时也坐往眼科医院方向的公共汽车，去维纳斯山上。我带着一本书，大部分时间不读，还有一个笔记本，里面什么也没记。

我累。伴随着肝病的症状，我总是很累。谁知道呢，也许仅仅是普通的累？我只是和其他人的状况一样？也许所有人也都总是那么累？

肝脏，我的白鲸，这么大，这么安静，整个都肿了，在我的右肋骨下。它清晰地突显着，但我感觉不到它。它的功能只是慢慢地下降，但确实是在下降。

之后，无论发生什么，无论这一天多激动，多不同寻常，多无聊，或多无关紧要，一天起码有三次我会想，如果死了，多好，如果跳进水里，从房顶上跳下，或一颗子弹射进脑袋，多好，如果我有一把手枪的话。尽管，B一直对我说，我不能或不愿理解，我的糟糕情绪和自杀想像也是病征的心理结果，我坏了的肝渐渐地让我的注意力无法持续超过三刻钟，无法去做什么了，尽管我从来没怪罪它的意思，我还很高兴拥有它。在好的日子里，我半迷迷糊糊地动一动，在不好的日子里，我一样起床躺下，看着这变得半朦胧的世界在我的想像中舞蹈。

35

一个医生进来，他还不认识我，第一次来给我检查。他很吃惊，我还可以这么清楚地和他说话，他说，其他病人，在同样高的含氨指标下早已经非常糊涂了。我想，我也是，我只是能更好地掩饰，二十三年快二十四年了，我多少有点儿训练有素，我可以很好地对付迷糊，我习惯了，但，谁知道，也许我比可能有的状态更糊涂？也许一切就根本不像我想的那样？谁知道，我的理解力移到哪儿了。哪个理解会是真的？有真实的感觉吗？难道，我看到我听到我感觉到我想到的，根本就不是现实？也许完全两样？我所看到的一切是生物化学化了的？褪了色的？这一切真在我身边发生了吗？

医生对我解释道，一个健康的肝脏，是负责降氨的。如果血液中太高的氨含量，身体就会累。尽想些古怪的事出来。

是的，我很累。我总是很累。我这么累，睡觉也不管用。我住在一个梦幻国度里，我喜欢这儿，这儿很美，惬意，所有不舒服的东西都隐去了。我不知道了，我在哪儿，不知道了，我刚才在哪儿了，我刚进了一个房间，不知道我想到这儿来做什么了。有时我想，很清楚，就是这样，我有一个想法，要说出来，但我没法说出它来，它就化为混乱的感觉，无法转化成语音与语调。有时候，我得把我想说的一切，想像成写下的语句，把它说出来。有时候，我真的把它写下来，我真有一个笔记本，可刚才的想法是什么？它已经又消失了。滑走了。沉下去了。坠入了遗忘。我常常面对自己也语塞，不知道什么缘故，沉下去了。请叫醒我吧，把我拉上去。

我无法对医生解释这些。尽管如此，我还是试图向他描述，这种自我毒害的感觉，这模糊的一切，这种位移，这种相位差，就比如说，有时，我看着别人嘴唇在动，他的声音却过好一会儿才听到，好像声波从现实中滑落了。我试图解释，我听到我说话，而又惊讶，很少听到声响，我想说什么，我想笑，很少听到声音，这是什么声响？这个声响有什么意思？能听到自己的声音，多稀罕，多特别。

我只是那个在缓慢中毒的我吗？如果没有氨，也许我听到的完全两样？或者是药物的作用？我想，我是那个仅仅通过药物存在的我？不是说：可的松引起抑郁吗？我的感知，我的感受被化学化了。我也许根本就不是我所想的那个人了，这么久，这么多年吃的药，早把我变成了另一个人了？我的悲伤完全是化学所致，我身体的生物化学决定着我的情感？

36

医生离开房间的时候，我起来了，晃悠到柜子边，找衣服，穿上，去医院图书馆。我熟悉这个图书馆，以前去过很多次。我把大衣锁在柜子里，走进明亮的白色阅览厅，在自行取书区，我选了几本医学教科书，我找到关键词肝炎和肝脏，读了起来。我读到，肝产出蛋白质，负责产出能量，储存糖原和维生素，帮助消耗脂肪，排毒，控制凝血，抵抗感染——肝脏几乎承担了近五百种任务，我顺着目录，看到解除抑郁，肝昏迷和肝性脑病，X线造影会引起意识障碍、谵妄症状和梦幻状态。我正是这样，我的梦幻状态开始对自己感兴趣。这种飘忽的状态不正是我喜欢的状态吗？这模糊的中毒状态也许正是让一切都变美好的模糊镜头？我的滤光镜？

肝脏，我继续读下去，在很长时间里是充满神秘的器官。原来不知道，它有什么用，这个大腺体，这个人体中最重的器官；只是知道，肝病会引起注意力丧失和皮肤变黄。盖伦和希波克拉底认为，肝脏是人体的精神中心，是决定体温之处，是血的源泉。

血的源泉？血流总之是流淌不息的。此外，肝脏还产生胆汁，我又重新开始对古希腊体质学说感兴趣，这一学说已经认为，肝脏和情绪有关。在希波克拉底传统里，忧郁的人该喝白葡萄酒，这有助于抵御黑色胆汁。最后，我随便翻到了几个进化医学的课题，他们认为，忧郁的状态有一种功能，这在所有文化群体和种族中，即使在原始民族中，也是已知的。苦思冥想和思考显示了进化的优势——因为某个人几年在深深的山洞里，在沙发上，或在这儿，在医院，也许会获得灵感？

我离开图书馆，从开着红花的栗子树下走回到病房。在中轴大道，我半眯着眼睛，像是走在美国式的大学校园：在学生宿舍我有一间房间,和一个同学合住。只是这儿和我的精神教育少了点关系,而更多的是与我的身体有关,对此,能用的办法都用了。

37

我无法否认,我有腹水。我带着四升、五升、六升、七升的水走来走去,我的肚脐凸出,我能把它按进去,可一会儿它又突出来了。我的肚子像孩子的肚子,像一个两三岁的孩子的肚子。

38

宙斯惩罚了普罗米修斯,因为他把火种带给了人类。宙斯把他用锁链铐在了岩石上,让一只老鹰每天啄他的肝。普罗米修斯被绑住了,但不死,神话深谙器官令人吃惊的再生能力。肝组织再生,你看看。再生吧,亲爱的肝!

39

在古罗马,观众有时候还真试图找一块勇敢战死了的斗士的肝抓一下:抓九次,斗士的肝能医治癫痫。可惜我不是斗士。

40

一个酒水商躺在我的旁边，我也已经知道了，他为什么会在这里：酒水商在店里喝了太多太多的酒。看来他感觉不到病得很重，他总是起来，离开病房，去和他的情人见面，他告诉我。这不能让他老婆和医生知道，我得说，他在院子里散步。他老婆星期天来，给他带来干净的睡衣。他的情人——他忍不住要告诉我，我不明白，他干吗想让我知道——在米勒大街有一个指甲美容店，离这儿一点儿也不远，他只需要十分钟就能到她房间的后室。这一切我都不想听。除酒商职业病肝的毛病外，他的背也不好，椎间盘也已经动过手术了。

41

他总出去给了我一个主意。在像往常一样躺着吃晚饭之后，我起来了，穿了衣服，离开病房，坐电梯下楼。到大门口，坐上出租车去吃晚饭，一个熟人请我。我们九个人坐在厨房的大桌子边，一个艺术杂志的女出版人，怀孕了，她的朋友，一个女批评家，一个画家，一个女音乐家，一个基金会监管人，还有一个摄像艺术家。话题是，去阿曼旅游，意大利政治形势，以及姜茶的好处与在感冒时的作用。我感觉到，我好像是在客串一个电视连续剧，一个群众演员；我不说出来，这儿就没人知道，我刚才还在医院里躺着。晚上值班的护士也许这会儿在她第一圈儿巡视时会注意到我的床是空着的。我待在那儿两个小时，吃得很少，只喝水，告辞，叫了一辆出租车，回到医院。回家。在走廊里没人看到我，夜灯已经亮起，我在茶水车边从盒子里拿了一瓶水，坐到病房公众休息室里，打开电视。

过一会儿，我还是又躺到自己床上，昏暗中，夜班护士进来，看了一下我室友的输液滴管，挂了一瓶新的上去，清空尿袋。她轻轻地说了声晚安。

42

学生们进了房间，这提醒我，我是躺在一个大学医院，这儿在培养医生。我的情况很有意思，过来，看着我，我的出场是在床上，未来的医生们，我们今天学什么？只是看看，你们知道我得了什么吗？你们明白我皮肤上的这些标记和字吗？

前些年，1992年还是1993年，我已经在一个教室里在学生面前出现过一次。在B的一堂大课上，作为一个例证，证明一个有三分之二损伤了的肝的人，依然能活着。我说了几句话——我可以，完全可以正常生活，我整天整星期完全想不到我是病的，我甚至很少觉得自己病了，这个病对我的自我意识而言甚至几乎完全没有影响，尽管我每天早上晚上要吃药——有时候，他也不吃药，B抱怨道，我否认，尽管他也许说得对。可能那个时候，就谈到移植的可能性，只是我不想听，我给第一排的学生，他们至多也就比我大两三岁，看我的小手臂，上面的网状毛细血管，肝的标记，还有另一些可以识别的肝脏标志，他们提了如疲倦或黄色皮肤等症状性的问题，我乐意站在那儿，我展示我的皮肤。

这些学生，这会儿站在房间里的，现在改叫学员了，不再像以前那样叫"大学生"，触摸我，我不反对。他们学习按和敲，他们学习没有B超也能作出一张内部器官的图，感觉我肿大的肝的大小和位置，感觉我的胆囊，我的脾脏。是呀，我想，他们根本不是真学，只是让他们观摩了解，叩诊的历史，而且，如果没有了电，还要持续多久，但实际上真正的检查只能靠超声波。这儿那儿，他们用圆珠笔，在我的皮肤上画着，我喜欢。他们有礼貌地一再问，可以不可以让他们再摸一次这儿或那儿。我任他们摸，否则，也几乎没人摸我，这儿只有数据算数。用手治病，对这个医院和所有医院而言根本不流行了。我喜欢，像B对我敲，叩，听，常年这样，伸开的食指在肚子上，在旁边敲。他到底在那儿听到了什么？

他们走了，我注意到我肚脐周围的标记，试着辨认，却什么也无法读出，他们留下了什么。明天，我想，我把它洗掉，可字迹更早就被擦掉了，喷几下消毒水，擦两次，它就没了。我想起来，我某次在教室里B的学生面前出场还有一个尾声。四五个星期后，已经是夏天了，这个学期快结束了，在萨维尼咖啡馆，一个红棕色头发的妇女对我说，她在课上看到过我。她笑着，说，她有点儿不太舒服，她知道了我的这么多，我根本没什么不舒服，正相反。她说，她几天之后要去美国，去中西部的哪个城市，她要飞到那里，在一家医院工作三个月。我还记得，和她的朋友一起去了勃兰登堡州的一个小地方做了告别郊游，我们在一个湖边红砖教堂后亲吻了。之后，我总是想起她的外貌，但我没有再遇到过她。

43

一个护士进来，搭了我的脉，量了我的血压。让我觉得，好像我的身体属于她的。我仔细想，谁在我的生命过程中这样完全地接触我的身体：我妈妈，我爸爸，和我有关的所有医生和牙医，理发师和发型师，那些和我上床的，那些我完全放心的人，挤掉我背上的粉刺，我睡在她们的身边，那个按摩我肩膀的女理疗师，在地毯上一起嬉戏的孩子。也就这些了。大部分时间就是给我一个人的。但在医院里的身体，就不再是我的了。我把它交出去了，我签了字，让别人去摆弄。

44

在这个病区，我是最年轻的，在其他地方情况就不一样了。我旁边病床的，大我两倍，那个酒水商都可以当我父亲了。护士们还在叫我小伙子，在别的地儿我已经不太常听到了。这，我想，也许只是柏林人的特有的幽默。

45

十五六岁的时候，我有一个最喜欢的想像，我预见我的葬礼。我想像，策划一次游泳或船上的事故，然后消失，湖，淹没了我，一定要看上去很像，湖没有把我的尸体漂浮出来。最后，对我，在寻找无果之后，作出了死亡的结论，也就是说，我的尸体，沉在拉赫湖底深厚的淤泥和沼泽层中了。就在我经过西班牙溜到拉丁美洲的途中，我要给这个想像制造个矛盾，我想，我一定要出现在我的葬礼上，在一定的距离里，乔装打扮，观察我空空的棺材如何下葬。

46

我十六岁，也许十七，照B的说法，我一定没吃药，所以指标都差了，否则，没法解释，——指标一直就是一切，曾经是，现在也是我的生命。可是不对，我一直好好吃药的，我说，不过这辩解我自己也不完全相信。也许某次我会把药片丢了？或者忘了一种？或者就是记错了，以为已经吃了？有时候，我有意地把这种或那种药扔了，因为可的松，商品名叫欧巴松，我总是咽得不够快，那苦苦的余味总在嘴里。有可能某次我少吃了一颗或只吃了半颗，尽管我应该吃整颗，我记不太清了，不过，我记得很清楚，那时候，我经常更愿意死去而不是活着，因为我对死亡状态的想像要比活着的生活更容易，因为这个生命，也许是，也许不是，早已存在于我之前了。我根本就没有概念，我怎么去开始。还有在哪儿。和谁。那么多，那太多太多的可能性。想像我不存在的状态要比任何要做什么的状态容易得多。活着，实在是要比死复杂得多。

47

也许，我就是为了重又想起这一切才到这儿来的？

我有世上所有的时间。

48

因此我有一次从一个起重机上跳下来，九十米高，脚上一定是有橡皮绳的。开始是卡加，她那会儿是我的女朋友，然后是我。我们之所以跳，是我们俩都要离开或试图离开。卡加想去哪儿，我不记得了，我只记得，我已经受够了，和我父亲在我死去的母亲的房子里住着，我对上学没有兴趣，对波恩没有兴趣，我对什么都没有兴趣，如果一切都毁坏了，那才让我开心，我很想观察，联邦共和国是怎么垮的，我很想看到联邦共和国走下坡路。可联邦共和国并没有垮下去，赫尔慕特·科尔并不需要流亡阿根廷，反而是昂纳克去了智利，民主德国消失了，也不可惜，但如果反过来，那时的我会更高兴。

卡加和我便从波恩去了科隆，那个我们从上面跳下来的起重机，就停在科维勒一个很大的没有建好的沙石场上，到处是高房子，不是个好地方，仅此就足够刺激，起重机的臂升至一百零五米高，我们在一个金属筐里被运到了高处。到了上面，门开了，我们得要跳。我们想，反正不久得死，核战争，严重的核问题已迫在眉睫。因为我们肯定在整个人类被毁灭之前，就先开始毁灭自己。描绘出核死亡，世界末日和核冬天总比想像未来更容易些，请问是哪个未来呢？过去就没有过。我们周围的一切，不久可能就不再存在了，这一想法让我安心，有了些安慰：这一切也就根本不那么重要，我们其实也就已经死了，七次，八次，九次，十次地死了，核的多重杀伤力究竟有多高？这些感觉后来就消失了。

然后跳。我们为此两个人都付了一百马克,在那会儿这是很多钱,我们说给人听,没人理解,但我们对自己说,吸毒也不便宜。我让自己倒下去,不知道是谁是什么让我这么做,也许,这个想法现在才有,我只是随卡加跳下去。她梦想着当一个恐怖分子,她比我更看不起赫尔慕特·科尔,总是惊喜着新的刺杀计划,她想试着为学校的校报对他采访,想在总理府前的一个红绿灯那儿上他的车,趁机刺杀他,——我掉下去了。我掉下去,我飞,我飞过这我所经历的最自由的时刻,只要我想到此,就是一次肾上腺激素冲击。

49

我向南面看,直到我脚的位置,被子往上滑了,我看到我的脚趾,数数,好像要检查一下,是不是都还在。我松了口气,一个没少。很久以前,我记得,它们涂上了蓝色。我第二次数着脚趾头,想像着,外边就是太平洋,我躺在1996或1997年的阿卡普尔科的旅馆里,我在那儿到底干什么?一天一夜我脑里转着一个念头:如果我现在就死,这一切还有什么意义?而且,我为什么要在这儿?为什么一个人要在这儿?那些年的每一天我都坚持着,只是为了在一个旅馆房间,偏偏在阿卡普尔科死去?这一点其实我是清楚的或者我应该清楚,在这样一个晚上,没人知道我在哪儿,而且也一定不该死去，不会这么快死，我只是热，出汗了，非常渴，没什么能解渴。主要的是这个想法让我如此不安，同时又如此让我着迷，这个我可能在太平洋畔死去的想法。这么遥远。

50

不是差不多所有人都说有过几乎死了的经历吗？这可不是个特别独一无二的经验，正相反，这好像是每个成年人或半成年人的经验，大部分有过一次差一点儿就死了的经历。这也许是一个成年的标记？

而真是这样的，无论如何大部分如此。几乎每个人都是差点儿被碾过，几乎要淹死，在海滩的大浪里，在一条河里，或在一架几乎要和另一架相撞的飞机上坐着。回顾一生，即便是在和平年代，活着也是死里逃生，真是个奇迹，所有在你身边的人都还在，他们几乎都差一点儿死了。几乎所有人都有这样的故事可以讲述，很多人把它看作是极大的幸运，活过来了，直到这句话，此时，此地。一次过马路，没有向左看向右看，一次擦窗户没有注意，一次开车闭了几秒钟眼睛，一切都过去了，树和桥墩到处都是。

51

比如说尤莉娅。她还活着就是个奇迹,她以一种神秘的、下意识的方式讲述着。她十三岁开始在帐篷里抽大烟,之后用可卡因,直到吸用那时还很容易弄到的海洛因。她只是想知道这些,她找了,海洛因是最大最大的满足,没有比这大了,和海洛因相比,一切都是小的,之后什么也得不到了,只有再用海洛因。她最糟糕的时候,在一个敞开的地下室睡了半年,白天坐着城铁,从一个终点站到另一个终点站,自然是没有票的,查票员已经不再问她了,早就知道她没有票,知道和她说话或追究这事,根本没有意义,禁止她无票乘车也不可能。也许,她说,他们就是同情瘾君子而已,像她这样的。

在她原来的男朋友撬门盗窃时,她是望风的,她帮他销赃,有两三次是她以前的同学父母住的房子,她以前去过的,甚至她可能还知道,地下室出口的钥匙放哪儿——让撬门很容易。部分赃物,多数时候不能一次销赃的,她就藏在一个树丛里,之后她又得穿上风衣,戴上丝巾,穿得像一个富家女,就像曾经的她,再去查看,会不会有什么麻烦。

不知什么时候,她服用毒品过量引起心脏停跳,躺在了医院里,差一点点儿,她说,她总这么讲述,我就死了。四天,她躺在观察室，然后，在第五天，她拔掉静脉输液针头，她熟悉针和静脉，起来了，消失了，还不忘从另一个房间开着的柜子里顺手牵羊了一个钱包。她知道，没人知道她的真名，她没有证件，至此她都得手的，这么做，好像她不记得她叫什么了。她没有医疗保险了，也想避免让她的父母为她这次住院花费，这么想很不诚实，她已经多次拿着假的支票抢劫了父母的账户。其实她确实想出去，她需要毒品。

52

完全不同的是我的自我怜悯，大部分是在看了医院的特诊之后。这种病，我原本知道很少或根本什么都不想知道，我根本就没想到过，因为我已完全自动地早中晚吃药，这种病突然高高地站在那儿，不能忽视。它每年一次、两次或三次猛烈地回来，聚集着力量，带来判断和警示：对，你要死的，或早或晚，也许在一年或两年后，也许四年或五年后。四年，也已不是什么长久的时间段了，就是两届世界杯赛的间隔——以前，孩子的时候，是一个小小的永远——而现在，很快就过去了。

对于我，好像是在这些自我怜悯的日子里，看透不死的虚构，看穿在深渊左右都拉上的帷幕：一旦某一天一切都完了，地球重新收回我们，它仍然继续转着，即使没有我们。

53

B一直要让我理解，事情根本就没那么糟糕。他从没明确说过，他的意思是：其实你，其实您还是很好的——不知何时起，他对我尊称您了。我挺好。我做了我想做的，我走了半个世界，进了原始森林。我只要带足了药。

54

从床上看出去能看见运河边工厂高耸入云的烟囱，我数着，它们还是四个。我要是能起来，只是要把输液管摘下来。我或许可以起来，套上睡袍，出去，走到过道，坐电梯下楼，找到出口。我可以通过南出口离开医院，过马路，上费厄桥或就沿河岸散步，跳进水里。我要是能——对，水足够冷，在冷水里很快，但又想起了孩子，早上，当她醒来的时候，总是笑着，强烈地存在着，为了女儿，我应该在，对，我还想待几年。尽管如此，我不知道，为什么，今天好像更愿意死去。或者是一条蚯蚓。下辈子我愿意是它。

55

我总是听到:您得喝水,喝很多水。喝水,在医院里是个任务。您喝了吗?喝了几杯?杯数是要记录的。一星期里,我得做一次二十四小时测量,看一天里从我体内排出了多少液体,要记录每一滴尿液,每一次大便,每一个体温变化。这文档,把一切都记录下来的,叫着曲线图。

护士和护理总是做着同样的常规交流,不同班次的人员上演着同样的剧情,一切都说了上千次,采用了,又要重新测,这个戏,在节目单上是不变的,就是《22病房》,体温,血液,大便,每天早上我听到:您的静脉真漂亮,我们就喜欢给您打针。您打吧,我的胳膊属于您。晚上,值班女医生可惜没扎准,我的胳膊肿出个乌青的鸽子蛋来。我已经知道,打进去时不痛,可打得太差了。

56

医院是个故事屋,总有新的故事,每个病人带进来的。我就听着,也只能这样,随着时间,直听到变成了无法忍受的受难史,我得了什么,我多难受,我已经在哪儿待过,医生做了什么,他们什么没有做,他们做错了什么。还有谁帮了什么。我在听病人的合唱,移植病人的合唱:我已经有两个胰脏——现在我有第三个肾,我第一个肾坚持了两年,第二个一个月,现在是第三个,如果这次不成功,结束,不再做透析了,再也不做透析了,我发誓,我肾下垂,有一个块状在肚脐底下了——我第九次住进这里了,死了两次了,癌细胞侵蚀了整个胰脏,他们切掉了我半个肝——他们已经四次打开,伤口不会愈合了——明天我出院——也许我后天出院,他们不会让我待在这儿过周末的——可能我也可以下周回家——可能还有一个星期——可能两个或三个星期——还有几天。我这样听着他们唱,自己也早就一起唱。不久我就会唱全部唱段了。

57

那么,你是因为什么到这儿的?来吧,新来的病友,说说你的故事。我自己的,怎么样了?如果故事在这里终结会怎么样?我突然地就躺在这里,有了很多时间,很多时间去思考,从这儿看见诸如生命之类的东西。一定得在快过去的时候,才开始注意它吗?

我也可以对我新的病友叙说完全另样的一个生命故事,用两三句话,很快概括。对下一个病友,我又讲另一个故事,如果他问的话。之后,再下一个,又这样。

58

一个护士进来告诉我得去照X光了。又来了？我这么经常的还被照得不够啊？医生们还一直没把我看个透吗？局灶性节段性肝细胞坏死？护工来把我推出房间经过走廊进了电梯，到地下层穿过灯光灰暗的走廊到了放射科。

在拍片房，女医生递给我一件用橡胶一类材料做的套，说，我得拿它护住我的阴囊。不过您只要把睾丸放进去，她说，我做，这样，生殖腺就可以很好地保护住了。我相信她，半暗中躺在放射台上的我必须相信她，我突然出现了一个想法，在十九世纪末，当拍第一张X光片，一下照亮身体，它本来就是暗的，把不透明的东西变得透明，是多么轰动的事。

放射科医生的脸我根本看不清，她处理着机器盖上的东西，调整着带摄像头的转臂位置，像一个工业机器人耸立在房间里。我不是真这么害怕，但我还是想像，这只手臂自动操作会对我们俩，女医生和我，用大剂量的放射线连续射击，或干脆击毙我们。除了生殖腺保护罩，女医生还递给我一个铅围裙——所有这些防护用具都在提醒我，拍X光有多危险。

光是死亡之光，我现在必须考虑，这些片子，这奇怪的，半透明的胶片，把我像鬼魂一样地显示出来，也许我已经是了，对，X光片可能是这种事先拍的死亡照片，它用不明显的清晰度暴露那些本来要在尸体腐烂后才能看出来的一切。如果有的话。

59

一次，我记得，我那时五岁，快六岁了，在一次轮滑中摔倒了，我向后滑倒，右胳膊着地，扭了。我滑回家，想给妈妈看，手开始疼了。她让我去地下室，取一块短板，这么长，她说，她用两只手比画了二十厘米左右的间距。我不知道她要拿它做什么，但我给她拿来了，我们有几百块这样的板在暖气房堆着，型木条，用来装修桑拿间和玩具间的墙面的，慢慢地被放进壁炉里烧了。我妈妈把我右手臂搁在一块板上，用纱布绷带缠上。一个纱布卷卷完了，她又打开第二个卷，这样给手臂做了夹板。然后她从钥匙板上取了汽车钥匙，带着我到她的车上，把我放在后排座上，帮我扣上安全带，我自己一只手没法做，带我到放射科医生那儿，这个诊所就在我以后的学校边上，那些上体育课受伤的学生都不用走远，从体育馆到那儿只有几步路。只是扭伤，大部分的诊断书会这么写，这天晚上却是，我的手臂断了。我被打上了石膏，带了三个星期；开始皮肤感到潮湿和热，后来只是痒。

60

又来了一盘吃的。或者我不耐心,等了太久,或者是这来得太早。抱怨医院伙食属于医院的民歌,要是说句:这味道不错,那对护士来说就是奇闻了,她会马上给那边的厨房打电话。她说:厨师很高兴,这样的话不是每天能听得到的。

61

后来又是:上秤,称体重,瓦先生,还是请您上秤。

我也想,我要称,可是到秤的路这么远,我做不到。我这么说,我只是太懒。

到秤上去,每天早上,这是我的任务,我被强迫的。虽然我早就看清了,护士想让我动动。要让病人尽早地活动。我到底有多重,根本不那么重要。

还是没有增加体重。

然后我躺在床上,来回地想自己,胡乱穿梭。我迷失于我自己。

62

夜班护士来道晚安，但我知道，我会久久地睡不着。我的邻床呻吟着，在床上辗转，起来，晃晃悠悠到厕所，一夜八九次，并没影响我。我不在床上躺着，我坐了一辆夜班车，在穿过墨西哥的路上，去锡纳洛亚州的马扎特林，一个太平洋边的港口城市。格鲁利亚的外公住在那儿，在一座透风的，破败的三十年代的房子里，就在海边。在走廊和房间的墙上挂着他斗牛的照片和他参加过斗牛的海报，他的名字一直是海报上的第一位或第二位，他一定是墨西哥著名的斗牛士。我住在一间客房里，格鲁利亚，她尽管一点儿都不胖，大家叫她戈达肥肥，和她妈妈睡在房子的另一端，她的父亲留在墨西哥城了，不能让他知道我的存在。上午我们去海滩，中午我们在海滩的一个摊子上吃带辣椒和柠檬的新鲜螃蟹，那些摊子像是用漂木做成的房子，我们喝咖啡，直接从椰子里喝新鲜的椰奶，摊主用楔子把椰子打开，格鲁利亚的外公很喜欢面食糕点。一些年之后，格鲁利亚结婚了，有了两个孩子，她告诉我，他很久之后都还问起我。

63

天亮了,我看着健康的人洗完澡赶着上班,那些没睡够的早上困顿的人,他们散步走过,磨磨蹭蹭。护士进房间说,早上好,我们量体温了吗?这一句她对每个房间说,每天。

64

在另一辆夜车上我来到瓜纳华托,一座以银矿和木乃伊著名的城市,我买了一本《墨西哥文学史》,教科书一类,在广场上吃晚饭时,我读了一段写修女诗人胡安娜·伊娜斯·德·拉·克鲁兹的,还有关于胡安·鲁尔福的小说《佩德罗·巴拉莫》的。我享受这种感觉,欧洲没人知道我在哪儿。

我住下的这家旅馆,是二十世纪二十年代为矿业界建造的,那以后并没太多改变,浴室的钢筋,灯泡和家具还是那个时代的,盥洗盆上的两个水龙头,一个已经不能转了,水日夜滴着。我去了两次木乃伊博物馆,格鲁利亚外公建议我去的,在一座山上墓地的中央,还有许多更高的山围绕着它。这个木乃伊博物馆,严格意义上说,根本与木乃伊无关,而是以前普通埋葬的尸体,在干燥、银盐饱和的土壤里就没有衰变,它们只是干了,土地让它们像刚葬下时那样定型防水。

新近死的，在玻璃橱窗直立展出的，差不多四十年前的，最早的是一百五十年前的。所有的都是裸着的，因为衣服都坏掉了，只有两具新近死的穿着袜子——是人造纤维的，所以没有腐烂。

65

我这会儿当然也想起来，那次看到我妈妈，在医院的停尸房里，她在医院死的。她躺在台子上，那个身体，比我记忆中的小，它看起来不太像我妈妈，在我看来，她好像缩了。我父亲带我开车去医院的，至少离家一小时高速公路的距离，一个医院的工作人员引着我们走过底层迷宫一样的过道，为我们打开停尸房的门，把那张台子指给我们看，把盖在我妈妈头上的布拉开去。走了。我站在那儿，十二岁，一个穿着蓝色风衣的男孩站在他母亲的尸体前，我想，这不可能是我母亲，她穿着的东西，对她太大了。我知道，至少还有另外两具尸体在这个房间里躺着，在尸布下只能看到轮廓。尸布下最高点，隆起，是鼻子。

66

一个医生带着他的学生进屋，他昨天就来过了，也经得了我的同意。我得再一次叙述,一切怎么开始的:深夜快一点了,我从哈里福乐咖啡馆出来回家,克莉丝汀开车送我,虽然只是几米,一直到家门口前,我还坐在车里,她说着一个独唱光盘的看法,最后我们告别,我下车,和她挥手再见,走回家,进厨房,吃几勺苹果糊,只是回家有点儿饿,突然嗓子口有点儿感觉。我进浴室,弯身向水龙头,想喝一口,漱漱口,我想吐——但当然不用这么详细向这些学生们述说,我简短概括,只提浴缸里的血——

谢谢,直到现在,还是第一次上课的医生打断我。问周围的人:这会是怎么回事?

安静,犹豫,学生沉默,我还知道这些。直到一个女生举起手说:和静脉曲张出血有关?

我放松了些。还有这位未来的医学家,黑头发,抹着口红,我喜欢她的嘴,她会知道和什么有关,会给我盐水,会救我。她也还知道,在这个阶段,中度肝受损,只有移植才能救我。

其他的接着问:丙肝?

不是,自身免疫性肝炎,我说,慢性活动性自身免疫性肝炎。

他们不是常看得到的。

67

苹果糊。其实我根本不喜欢苹果糊,太甜了。要是苹果糊不是我最后的午餐，该多好啊！不知什么时候，我还是个孩子，我们正喝着西红柿汤，我对我妈妈说：我生命中吃的最后一餐该是西红柿汤。现在我一直会想，什么时候在哪儿有西红柿汤。从那以后，我不再吃西红柿汤了，是，我承认我害怕西红柿汤，我试图避免吃西红柿汤，我叫它稀的西红柿汁或者吃完西红柿汤赶快再吃点别的东西。吃西红柿汤对我来说太危险，妈妈就在我们一起吃西红柿汤后没多久死了。

68

我看见一辆园林拖拉机，拖着个装满立式烟灰缸的拖斗，尖对尖对成一个双锥形。掐掉香烟，以前医疗保险的海报上写着。其实一个吸烟者只是掐掉香烟头。我从上面看得很清楚，这些灰色石棉水泥材料或一种类似的老式材料做的立式烟灰缸，为即将来临的吸烟者的春天填上了新鲜的沙。

病房里是阳光和阴影。

69

我的邻床病友不请自来地开始了叙述：五十年前他在这儿和三十人在一个厅里躺着，护士们把纱布绷带分成卷，这些绷带在当时还是要洗了重新用的，所以她们一直忙着。现在什么都当垃圾扔了，不过对他来说，还是这样好。然后他睡了，他打呼噜，但不影响我。我启航了，撑着我的筏，我是我自己的岛，飘荡在我的海洋上，去遥远的群岛，我与这个医院的豪华游。

70

我已经在这儿躺了多少天了？我应该在墙上画线的。四条挨着的直线，第五条斜着穿过。护士说，有的病人，把半个家当带来了，她这么说着，像是她觉得好笑。有的用他们自己的枕头和毛巾，我没有一次用自己的睡衣，我还得洗它。我喜欢长睡衣，每天一件干净的，我是这睡衣的魂，平躺在床上，只是缺了睡帽。

71

我想要一个小的灯泡。床上面的灯光太亮，我不想吵醒我的邻床。我听电台，德国广播电视一台的音乐会，之后，直到我想起来，我听的一档节目，我已经听了一整天了，BBC世界服务，月光透过窗户照进来，看起来像是卡斯帕·大卫·弗里德里希的一幅油画。不可思议，我想，竟有人飞到过月亮。某一天人们会说，这是童话。

突然,三点了,一架直升机降落在静谧中,夜里听到直升机比白天响得多。然后几乎又安静了,星星闪烁,我无法入睡,听着一个输液架在走廊里推过。

也许我还是会睡着的。

当孩子们睡了

还有两次，三次，四次，五次要把新的橡胶圈经过静脉瘤放进我的食道。总是要有一个可以弯曲的金属细管通过一个牙胶套推进我的食道。我得咽下这根细管，所以我打嗝，空气从胃里出来，咽反射，持续的，只是难以控制的咽反射起来了。但，还好，大多数时间是麻醉的。用丙泊酚可以睡得这么好。

72

我睡着，睡着时被推回了我的病房。我睡了个够。晚上，我从麻醉中醒过来，坐在用玻璃墙隔着的过道的客厅里。我喝着利乐包里的水，吃着面包干，面包干在我的嘴里溶化为甜甜的糊，就像是吗哪①。我的要求降低了，吞咽还是疼。

在我拍掉在睡衣上的面包干屑时，我看了放在病房冰箱上的小电视。我看了一部电影，估计是达里奥·阿今托的作品。有一个护士在走廊上过来又过去了，一个护士伸手打着招呼，不知那个病房门是开着的，每两三分钟我都听到嘟嘟囔囔的呻吟，开始还轻轻地叫，后来就是呜咽了。其实这完全适合这部电影，即使我不能完全看完。广告的时候我换到

① Manna，《圣经》中记载上帝赐给以色列人的神奇食物。

了《万圣节复活》，一个精神病院的病人失去控制，开始杀门卫。电视机里的喊叫和走廊里传来的呻吟并没让我不安。我根本还没完全醒。

一个高大的妇女进来，推着她的输液架朝我的方向走来。问是否可以放我旁边，还没等我说出“请吧”她已经坐下了，说起她的故事。我听着或是没听，当我盯着屏幕的时候，漂亮的，令人激动的，交错融合的颜色，我看到的主要就是红色，丙泊酚还在我的血液中。我听到抱怨的声音，这声音来自这个怪兮兮的女人，旁边这个女巨人，她等着她的第二个肝，她说，算上她自己的，第三个了。她从头讲起，说她不喜欢的邻居，不理解她的医生，因她变胖离她而去的男朋友。

另外，她还说了一个长久等着肾的男人的故事，从家里厨房的窗户望出去，看到对面停着一辆救护车——邻居自杀了，他听说。他自称，两个小时之后接到电话，被告知，有一个合适的器官给他。打那以后，他相信，那个自杀的邻居的肾到了他身上。

73

在走廊里病人们相互点个头打招呼。我们是那种穿睡衣的熟人。我看到病人身上穿什么。有人穿自己的睡衣有人穿医院的睡衣。也有的病人穿着跑步的裤子或是锻炼的衣服在床上躺着,因为他们每半小时得去抽烟。慢慢地,我知道了区别:有的看着不好却在好转了,有的看着不好就是到头了。可惜我无法看自己,看不到不好的趋势是什么。在镜子前面我是盲人。

74

我的新邻床,是个建筑工人,话不多。他经常住院。一次,我不知道为什么或怎么说起的,我说,医院总还比监狱好。他愣了,我注意到,他有那么点迟疑,然后他开始讲他在民主德国的监狱里的两年生活,在城铁上打架事件后一个愚蠢的故事,他和他的两个朋友被当作了政治犯,两年铁窗。两年的三分之二的时间是双人牢房。没有厕所,只有一个便桶,一天倒一次,晚上。当他出来的时候,在建柏林墙前不久,他去了墙对面,我还是运气,他说,很幸运。如果再长一年,我就得被封锁二十八年。他说的当然是过去时。

之后他开始当建筑工人,在冬天也当出租司机,但很多时候在西柏林。我们一直赚的不少,很多坏天气补贴,柏林补贴。现在没了。他参加了科特布斯门站的建造,在柏林十字山区中心广场铺了水泥地面,这个中心是个复合体,以前我认为特别难看,但这些建筑新的解释已经开始了。我告诉他,这些建筑的风格现在又被认为是美的,对,那儿有俱乐部、酒吧，比方说奥佛家具，因照在屋顶上的老霓虹灯得名，西德、南区和帕尔玛酒吧。

1930年生人。他叙述着，不过只是在被问的情况下，战争末期的柏林，炸弹战争，防空洞的夜晚，说他的叔叔，肺破裂了，坐在防空洞里，他说，看起来像是睡着了，其实他死了。在1945年的三月他便自愿报名加入希特勒青年团，参加了最后堡垒城铁环线的保卫战，他的两个同班同学阵亡了，一个在施瓦豪大道，另一个在弗里德里希树林，他却奇迹般地活下来了。

75

两个男人躺在一个屋里，没发生什么。他们说这说那，瞎聊。一个说着从前，因为他已经经历了太多的从前了，说柏林的战争尾声。女人们有序间隔地进来，问大便情况，问是否填好了点菜单，问是否吃了药。也许这就是一出荒诞剧。

76

我什么也不能做，我什么也不用做，在这儿我是这样的孩子，我可以，我应该，我必须，我只能躺着。如果我需要什么,我按铃,在允许的范围内我的愿望都会实现。否则,在外面的现实之中,就不太好办。

77

窗外的树几乎没有了叶子。下面一辆清扫车驶过,旋转刷在前面,扫进了走道上的叶子,栗子树的叶子得在六十五度的温度下沤肥或者用至少十厘米厚的土盖上它,否则,潜叶蛾在冬天还会活下来。我听一个邻床说的。

之后他和病房的护士聊园艺,种树与树叶收集。她的院子里装了二十四袋叶子运走了,病房护士说。听上去像是在显摆。

一只鸟落在树冠一根很细的树枝上。没有树叶的树看上去那么容易折断,令人注目,鸟栖在上面的那根树枝,没断。这到底是只什么鸟?乌鸦?

78

我躺在一个巨大的宇航船中,护士们是被编好程序的很好的护理机器人。但如果机器人如此完美地编程好了,那干什么还需要这宇航船,哪还需要我们呢?病人乘客不是早就过剩了吗?为什么还活着,被喂养,被洗?为什么不让我们安眠，像邻居那只病了的狗——发生这事的那会儿，我六岁，第一次听到这个词。让它安眠，在孩子的时候，我就觉得，听上去要比杀死庄重小心得多。

79

柜子的门开了条缝，我看到我棕色的旅行袋。我经常带着它旅行，也许是它带着我旅行，无论如何我背着它到过很远的地方，它去过意大利、法国，一直在我的肩上。

我还有些什么？我很久没看过柜子了。为什么柜子的门是开的。我是到了那儿，还是有人弄了锁？“出院时请将钥匙插着”的条子贴在柜子门上。我经常会读它，不想再读它了，不想再必须读它了，但所有的，无论在哪儿写着的，我得读，还经常大声读，一个反射，没法去掉的。

对，我得把它插上，这把钥匙。我一点儿都不想带着医院柜子的钥匙回家。在柜子里有一个小保险箱，用来锁一些贵重的东西，里面放着我的钱包，我在这儿不需要它。如果我离开房间，我把它和iPod、手机锁在里面，护士警告说，可惜还是常常有被偷的。已经有过了，建筑工人说，一个钥匙串被一个医院工作人员窃取，房子被大模大样地好好扫了一遍。像是要证实，两天后他给我读了报纸：

> 三十七岁的病房医生获刑三年，他在值班后去一个病人的家中偷盗。“我在学习的期间就赌，赌注越来越大。”他在法庭上说。为了继续赌，他窃取房间钥匙，如果找不到，就用撬棍。他偷首饰、现金、金条、信用卡和硬币，直到他进了一个房子，里面有人在家，才被抓住。他试图逃跑时被制服。

那我的那串钥匙到底在哪儿呢？我很久没看见了。在柜子里？在保险柜？本来我每天经常拿在手里的。

80

这会儿我很想下去，马上到河边，沿着纤路漫步，走过发电厂，从新的高高的通往火车站的铁路桥下走过，一直沿着运河，走过松树桥后上面架着高压线的茂密生长着的绿草丛，走过漆成灰绿的轨道吊车，它把煤从驳船上挖下来，走过孔格墙回廊，走过雀群，走在茂盛的枫树、臭椿、桦树、栎树下，直到庞克河口，严格地说是庞克河的支流，它如画般地在储满腐质的河床里展现着勃勃生机。普罗米修斯躺在了绑着他的石头上，鹰在旁边飞，俯冲下来，啄他的肝。

81

这个星期在我边上躺着的那位，不说一句话。早上他不说早上好，晚上不说晚安，我也不说了。我不能肯定地说，这真的影响我了，我只是稍微有点儿生气，但很快就无所谓了。每个人都在他自己的世界里。

82

什么时候我还和完全陌生的人在一个房间里睡觉了？在新奥尔良一个小旅馆里？在斯特拉斯堡的一个青年营？我记得有那么个唠叨人，和我讲了大半夜的故事，我记得在芝加哥有一个智利人，想到柏林来看我，我记得一趟夜车上，一次夜晚飞行中，一次夜间长途车里的熟人。还有那个南非的金发女郎，我在奥萨卡认识她的，我们当时四个人，一个来自里尔的法国人，一个俄勒冈的美国人，那个住在伦敦的南非白人和我。在圣克里斯托瓦尔-德拉斯卡萨①我们租了马，我们去骑马，等着，甚至还希望，被萨帕②劫持，我们很愿意把为革命的贡献，所谓的革命税兑现。黑色蒙面和大烟斗

---

① 位于墨西哥恰帕斯州。

② 墨西哥南部民族解放武装组织。

副司令马科斯是那时的大明星，来自全世界的追随者被吸引到墨西哥拉坎顿雨林来了。我们当然没有被劫持，只有两次被墨西哥军队检查。在到圣克里斯托瓦尔的三天后，我们坐车到帕伦克遗址，在废墟上走了两天，在我们去阿瓜阿祖尔瀑布之前，还有很长一段路要在原始森林里走，我还没见过这样绿松色的水。那个南非人，她叫萨斯基亚，把我的脚趾甲染成蓝色，她是从某次在德兰士瓦的布尔人村子的冲突中逃到英国的，我们说着英语，她的日记，她的诗歌却是用南非荷兰语写的。每当我看着她长着雀斑的脸时，我有一种此时此地的情感，现在她在这儿，在这一刻，在这个地方，在墨西哥的某一处，我会有一千个偶然，也可能是在别处，我们却在这里相遇。这一定是意味着什么，那时我想。

83

推车又推着我经过走廊，缠着一块纱布绷带的柜子钥匙在我的枕头下。我其实可以把它像那种友谊手圈那样缠在我的手腕上，或者像一个伊朗的儿童军，把它挂在脖子上，他们被拖入两伊战争时，那种便宜的金属板剪成的钥匙，挂在他们的项链上，他们要相信，这种钥匙可以打开进入天堂的门。我只记得，第一次海湾战争时，我妈妈跟我说的。她一定是想告诉我，我过得多好。不过，十岁、十一岁的我并没有理解。

84

我得做核磁共振。又要检查一次我的肝,看局灶性节段性肝坏死和器官上的阴影,一个还不是很大的黑点,自从某天在最后一次定期检查中,做超声波,B医生向我坦言,发现肝脏异常,我就知道了。他说,这可能是肝癌细胞,但不能完全断定,因为肝硬化已严重毁坏了我的肝。现在又是什么肝癌?我不愿相信。

现在我躺在一个有轨道的东西上,开进了一个圆形的口里,像一个棺材推进火葬场的燃烧炉,在一个轴上,进了一根管子。感觉不到射线——这不危险,红头发的女医生开心地说,这只是个脉动电场,使身体中水分子的双极不断重新调整,这种微运动能提供信息,可以处理成照片。呵,原来如此。

我躺在炉中即将被烤,很快就熟了。当然,也有病人不喜欢这样的狭窄,会出现幽闭恐惧症,对这样的人,有一个红色紧急按钮。一种造影剂流进我的手臂静脉,我问自己,女医生会不会用这种断层摄影术也读懂我的思想,会不会在她的显示屏上看出我做的,动的,我想的,我感受的。她现在知道,我觉得她多么了不起,多激动,多棒吗?我多么喜欢她的喜悦、她白皙的皮肤、她的头发,还有她的雀斑吗?我想,她会不会是向我演示一些原创性的想法和另一个过去？一个新的驱动程序，一个新的意识？或者她正在复制我，并存下来，为了以后评估我所有的一切，所有不关联的记忆和奇特的感情？检查一下，看看是否值得去延长我的生命？

85

也的确就此作出了决定，我被评估了。在这个医院要弄清楚，我待在里面的这个躯体是否能承受移植。两个多星期以来我身体的各个面被照了个透，我的每个口子都被看进去，我做了胃镜，超声波，电脑断层摄影，核磁共振。拍了门静脉和肝静脉的X光片，以便让外科医生不知哪天给我做移植时，打开我的腹腔，知道在哪儿、怎么剪。骨密度测了，还有牙医的咨询，五官科咨询和身心医学咨询。一定很贵，我要向这个医院的每个专家介绍自己，我被从一个科转到另一个科，带着我的身体去所有人那儿。

我记得那个泌尿科医生，他检查了我的前列腺，给我做了直肠检查，好听的词，就是把手指放进肛门的意思。他说，从泌尿科立场看，没有什么好反对移植的。此外我还了解到，我的睾丸画册一样美。多棒。

我记得在心脏科医生那儿，一个年轻的研究医生，他在做心脏超声波时，发现一个问题，在我的心跳中有一个小的不规则心跳，所以他给我开了一个心脏记录仪，从此我该一直带着。他自然局限于他的诊断，他说我得好好做超声波检查，在我这儿他几乎看到了一切，在别的很多病人身上，声音得先穿过二十厘米厚的脂肪，我没有脂肪保护层，正好便于识别，几乎总能发现什么。

我记得在心理医生那儿，我表露出，我不是一直明白，为什么要让人做手术，也许，我告诉她，我这么想的，我的生命持续并不太长，我只有这么短的一段时间。当然，我对她补充说，我愿意为我的女儿存在，大多数时间，出现这个想法经常像是一个招数，孩子的招数，以此劝说我自己待下来。我还知道，那一刻我在她小小的诊室里开始号哭，在她的窗前也有一棵栗子树。她给我开了一种抗抑郁药，一个选择性血清素再摄取抑制剂（选择性5-羟色胺再摄取抑制剂），一种我曾经用过又不再用了的药，因为我自认为，我需要抑郁。

我还记得和麻醉师的谈话，她跟我解释，在某一天要发生的事。我根本没有认真听她，在她说话的时候，我盯着她书桌上的可以撕下来的文学日历，这一天的日历是彼得·汉德克①的相片。电话响了，她说，您不能吃东西了，就您在的地点，派救护车或者一架直升机接您，带您去医院，211病房，如果没有并发症出现的话，才有可能做手术，要六到七个小

① 奥地利当代著名作家。

时,也许更久。

86

也许更久。谁知道。我看着紧急按钮,可我什么时候需要按呢?我只记得那次少见的差不多持续两个星期的考试,没怎么学,没怎么做,就过了。此时那心情开朗的红发女医生把我从管道里抽出来,说:完事了。

87

我还得要有一个签字。移植医院院长、外科大夫德缪克想要见我,和我谈话,想要在我自己签字之前,亲眼见我,对我作出评估。他站在我对面,看上去很健康,皮肤晒成棕色,算得上是比较运动型的男人,五十七八岁。他仔细打量了我,说:你看上去一点儿也不像那些得为他换个肝的人,您看上去健康得多。他说了句正好是我想的话。我是不是太好了?我还不至于这么做?可当他看完我的病历卡,看到那些数据时,改变了他的想法,他和我告别,他没那么多时间。

之后不久,一个值得纪念的下午,我独自坐在移植办公室隔壁,一个半暗的没有窗户的房间里。我面前的桌子上放着一叠纸,一式三份的合同,每页都印得密密麻麻。我坐在那儿，得签字，我得声明同意，在某一天，尽快地，也许在五星期后，也许六个月后，也许两年后，也许根本不再有以后，也许我在一个器官切除，安上另一个新的之前，我已经死了——可什么是新的，新的器官从来都是被用过的死人的器官，我想着，并试着读纸上的那些合同文字，我没想到的是，我只是看见这些字母和词，无法搞清楚它们之间的关联，它们到底是什么意思。我只是浏览了一下文字，注意到，自己只是似乎在读，可我的钢笔还拽在手上。

这奇怪的情景让我意识到：什么时候，我想，一个人已经可以用签字来决定继续活着的可能性？有那么几次我得签租房合同或是购买合同，我已常出现于公证处，然而，现在却是有更多的。以我的这个签字，我可能为我买进生存的年数，不知道是否可以、究竟用多少，或是用哪种货币、什么时候得为这一延长买单。这种恐惧又朝我袭来，有可能，如果手术成功，我变得健康了，不再那么病了，不再是原来那个我了。我感到我的手发潮，几乎湿了，汗出得这么厉害？不，我的手是蓝色，满是墨水。我的钢笔，几年来一直用的钢笔，没有它我不出门的钢笔，漏了，刚巧在这个午后。它不想签字？

88

早上，中午，晚上，夜里，日班护士，夜班护士，探望，预备医生，早餐，午餐，晚餐，周六一锅菜，周日没有探望。除此之外，我和时间没什么关系，什么都是一样的。这儿有个舞台，在上面跳舞的，是那个南非女孩，那个没有从海洛因中走出来的尤莉娅，那个我和她从起重机上跳下来的卡加，那个在大课上的医学院女生。这是什么舞？芭蕾？

89

我又排在了名单上，积累着等待的时间。每一天死亡的可能性都在增加，每天都更接近死亡。而每天，这是这个名单的嘲讽，也是在增加活下来的可能性——只是得有另外一个人先死。而我已经知道：如果你不死，就我死。

90

我不是每天想这事。我根本不去想，那一天会随时来。晚上，当我上床的时候，早晨，我醒来，我不一直想着，我根本没有兴趣，一直想着，但知道，某一个白天，或者晚上，也许电话会响。我愿意，你死？不，我不愿意，你正好在哪儿停留的时候，被碾过。或者穿破汽车挡风板撞到树上去。我不愿意，你的动脉瘤爆了，无论你怎么死，我都不愿意。真的不。

尽管如此，我还是把报上的死亡的消息撕下来，集在一起,放进一个文件夹里。在文件夹外写上:《当孩子睡了》。

在巧克力里

文森特·史(二十二岁)
新泽西,卡姆登一个糖果厂的助工
星期五滑倒了
连同肩上的可可麻袋
从他的工作台上
掉进了三米深的
热巧克力池

死于
搅拌机的搅棒
击中头部
同事们
徒劳地试图
把机器
停下。

公羊

辛巴赫二十九岁的女人
在散步穿过布朗瑙市内时跌倒
一天前因一辆驶近的火车
受惊逃跑的公羊
从铁路桥上跳下
撞到头
女人
撞伤出血
送进医院
在那儿她
(两个孩子的母亲)
在星期六晚上
意外
死亡

水瓶

在盖尔森基兴的一个敬老院里
一个八十六岁的住户被怀疑
用一个水瓶打了

九十岁的女邻居
护理员
发现了受重伤的老妪

在她的床上
死了
在急救医生来之前
这个退休人解释说
他什么也
不记得了

懒孩子

丹尼尔韦伯(三十三岁)

三百四十公斤重
死于心脏病
当消防员试图
把他从他的电视沙发弄开
(典型懒孩子)
只好锯开沙发

因为膝盖受伤
过去的九个月
有伤口
就在
自己的粪便里
在沙发上
过

如果有人
给我们正确的药物照顾
这就不会发生　他的妻子说
她和她的丈夫
白白地
为了一个医疗保险
努力

当孩子们睡了

一个三十四岁的女人
站在奥格斯堡的法庭上
她的四十六岁的丈夫
一个警犬向导

被打
他的尸体
被锯

1月23日五点左右
被她儿子的哭声叫醒
进了客厅
和她丈夫不止一次吵了
我什么也听不见
我完全晕了

当她的丈夫要离开她的时候
她拿了窗台上的一根金属管
打他
后推到沙发跌倒
当他想起来时
我又打了
再打

尸检表明
受害人
因遭重击颈椎断裂

头骨被砸

因害怕
她的孩子可能看到父亲的尸体
她把它拖到了洗衣间
把房间打扫干净
把俩孩子一女一子
送进幼儿园,回到家
她把尸体
腿卸下

我想把它
弄出屋子
我
记不清了
我做了什么
我不再想
回忆了

晚上当孩子睡了
她把尸体分块装上车
开走

她把躯干运出离家六公里多
在田里埋好，
但是，腿却

忘在了她的车后备厢
开了
差不多六百米时
再停车
把它扔到田间
第二天
她以失踪报警

婚礼后债台高筑
丈夫在孩子出生后
没有照顾过
开始常酗酒
引起争吵
他经常
强迫她发生性关系

对于丈夫
与她的一个闺蜜的关系

被告不想知道

这好像也不影响我

我感情冲动

结的婚

系列号

只是因为她的人工乳房的系列号

萨娜萨姆图韦身份才被认定

凶手把她的脸毁了

手指切了

所有的牙

拔了

那曾经的百万富翁

在不列颠哥伦比亚的一个汽车旅馆

一个服务员发现

一条电线勒死了

曾经的百万富翁，他曾被

在整个北美作为

杀害萨娜·萨姆图韦的嫌疑人通缉。

自卫

在一个三重谋杀的审判中
吉夫霍恩社区园艺圃间的一次吵架后
六十六岁的被告站在了法庭上
他殴打
将受害人用棒致命
他开始竟然没注意

他表示
是为了自卫
因为他觉得被邻居
(为了园艺垃圾处理的事)
威胁,
他们三个举着拳头
朝他冲来。

堆肥

在他将堆肥
分撒在园子里的时候
一个四十七岁在白金汉郡的英国人抱怨

呼吸问题
四天之后死于
脓血症
由烟趜徵霉菌引起

床箱

奥布豪森一个腿脚不好的退休老妇
接受了一个失业者
来帮助她料理家务
星期天
被发现死在她的床箱里
这个男人对这个老妇的死
(尸检报告说是自然死亡)
不去报告
为了能继续使用这个房子
将床下的床箱
用薄膜封上
以防腐烂的气味出来

独居者

因为门和窗都是关的

他上班回家就睡了
当饭菜在炉子上变成了焦炭
一个四十四岁的男子
闷死了
周二
斯坦汉姆(北威州)。

教训了一顿

斯特拉孙德的两个警察
被分别判处
三年和三个月徒刑,因为他们
在一个气温两度的大风天把一位
喝醉的三十四岁男子
(在一家超市跌倒)
用巡逻车带到城郊
在一个无人居住的地方
放下
警察开车走后
男子又跌倒
在失去知觉数小时后
因过冷

死亡。

没有关联

一位警官(四十九岁)
昨天在奥登那德街(柏林市维丁区)岗哨的
医护室里开枪自杀
此前在周末
同一警区的
一位四十四岁的警察

在特格尔一个小公园内
用公务手枪自杀
两个死亡案件之间
没有
关联。

漩涡浴

因为未婚妻把
新加坡住宅中
漩涡浴的水轮

开得过大

S.艾恩(三十九岁)

一家德国科技公司的亚洲经理

被下水

冲破保护网的吸力

拽到水池底

四个男人没能把这位游泳好手从吸水排放口拉开

这位两米高的男人溺亡

在他女友眼前

在一米的深处。

水(杰尼佛·思震吉)

一位二十八岁的女人

在加利福尼亚的萨克拉门头的喝水竞赛中

没有能够

为她的孩子赢得任天堂WII游戏机

因血液里的钠含量

在喝进十一升多水后太低

死去。

两年后

举办喝水比赛的

KDND电台
必须向死者遗属
支付一千六百五十万美元的
赔款。

经济困难

一位柏林女子(三十九岁)
星期天在给她家人的食物中
掺入麻醉药
割断(都睡着)
她丈夫和孩子们的动脉
父亲流血过多死亡,女儿们(八岁、十一岁、十四岁)
获救。

直到死亡

一对无家可归夫妇的
尸体
(刚失去家)
在两处
相隔一千五百英尺的

回收处理厂被发现
托马斯和苏珊娜·杨森死了
在垃圾车压榨箱内
此前他俩在密苏里的圣路易斯躺进
垃圾集装箱睡着了。

没关系了

她想接他五岁孩子的时候
一个男人在彼德拉赫朝儿子母亲身上浇
汽油并点燃她
警察称孩子父母双方
没有什么关系了。

因为她话太多

因为她话太多
他下班后
希望安静
魏慈拉的一位三十九岁男子
把他妻子的嘴贴封并拖她
至房屋顶层

把她拴在柱子上
让她在那里
独自一人过夜
当他第二天一早
来看她时
他妻子(三十八岁)
已窒息死亡。

性游戏

在艾利罗德地方的
一个房屋的顶层里
一个脚尖套在绳套里的男子死了
因为他的伙伴让他一个人待一会儿(如他所说)
等他回来时他的朋友吊在
绳子里死了。

在衣柜里

整理她在西弗吉尼亚的维也纳市
母亲住房时一个女人
在星期二发现

卧室衣柜里
塑料布和浴巾裹着一具
无名女的
腐烂的尸体

也想到了入室盗窃者

因听到声音
法国南部皮里卡地方的一位六十二岁男子
在星期天的晚上持枪悄悄走进隔壁房间
开枪警示

坐在电视前的邻居
开枪回应,被接下来的交火
打死。

一起度假

在赫尔姆斯德特的房车度假村
一个大户人家成员在此度假
三十二岁的丈夫和二十岁的妻子
吵架后开枪

四个人
受伤
只有交火中被杀的
妻子的父亲
被确认是射手
对吵架的原因
这个家庭保持
完全沉默。

在奥斯特罗德附近

一辆无人驾驭的马车
周六在哈茨山脉奥斯特罗德附近闯进
一群散步的老人中
一位盲人妇女、一位视力和行走残障的男人
不能躲开马匹
盲人妇女被撞死，两个男人
受重伤。

在萨窝因的柯乐丽

在法国东部的柯乐丽

一个热气球
在星期天的早上
在降落前
碰到高压线
并起火
四个成年人和两名儿童

在他们的亲属眼前烧焦
一个乘客跳出吊篮
摔到
收获过的田地的庄稼茬上
死去。

死亡之船

意大利政府部门周一报道了
七十名死者
在一艘小木船上
船在距离蓝陪杜莎附近五十海里处
被截获
上有十三具尸体。

难民两周多飘荡
在海上,没有水
生还下来的(多来自索马里)说
他们还有力气的时候把
许多尸体(其中十五名妇女和
七名儿童)
扔到海里。

在美食店

阿土露·优色表·阿尔扎得(二十六岁)
星期五
抵达法兰克福机场后不久
在一家美食店里崩溃并死亡
他胃里装满可卡因的一百零八个避孕套中的一个
破裂了。

西纳咯阿卡特尔的信息

在一个冰桶里
墨西哥北部城市普拉社迪斯的警察
周一

发现了他们首席侦察官的头颅
他周六(上任后四天)
和其他五位官员一起
被劫持。

继续旅程

萨尔瓦多人埃德么·罗兰多·亚伟尔·拉米雷茨的
尸体于3月17日在墨西哥的维拉克鲁茨被发现
被运回他的家乡
此人(萨尔瓦多领事通报)
可能被用双层底板的卡车
朝美国方向运送难民时
窒息,他的同伴
把尸体扔
到马路上
并继续前行。

杰里·斯普灵格秀

杰里·斯普灵格秀播出数小时后
星期一在佛罗里达的萨拉索塔

人们发现了演播室女宾的尸体
警察通缉死者的前夫
和他现在的妻子
这对夫妇和被杀者
同在节目
面对秘密情妇中出场
遣责那位五十二岁的女子
近来一直跟踪他们
两个女人因房子吵架
死者在其中
被发现。

在冷藏室

刚关店门
华盛顿特区一家饭店的
厨师发现在冷藏室里
三位一天前派来干活的伙计
被枪杀
白天的时候人们还
找过他们。

自杀企图(约三个小时)

一个四十岁的女子
周六夜里
在高速公路引路安通尼大街上
(库德·舒马赫街方向)
撞上一个桥墩
在她
燃烧的汽车里
死亡
她留下了遗书
警方发言人说
救护作业期间
事故现场附近道路
被封
三个小时。

全家墓

一位六十三岁的西西里男子
星期六中午在帕莱默
察看他全家墓的工地现场

从脚手架上掉下
摔到头部
直到星期天上午被发现
死亡。

91

我收集，并且我等待，但等待我已不觉困难。我忘了，我在等待，我不是一直在等待吗？

我在家等待，我在等候室等待，我在医院等待。我在床上等待，我在沙发里等待，在卧榻里等待。我等待检查，等待来访，等待看视，等待吃饭，等待发生什么。我等待生命，我等待死亡。我等待，是的，我知道，我很久就知道了，等待你。

92

我等待，我等待，我等待，我等待，我等待，我等待
我等待，我等待，我等待，我等待，我等待，我等待
我等待，我等待，我等待，我等待，我等待，我等待
我等待，我等待，我等待，我等待，我等待，我等待
我等待，我等待，我等待，我等待，我等待，我等待
我等待，我等待，我等待，我等待，我等待，我等待

我等待,我等待,我等待,我等待,我等待,我等待
我等待,我等待,我等待,我等待,我等待,我等待
我等待,我等待,我等待,我等待,我等待,我等待
我等待,我等待,我等待,我等待,我等待,我等待
我等待,我等待,我等待,我等待,我等待,我等待
我等待,我等待,我等待,我等待,我等待,我等待
我等待,我等待,我等待,我等待,我等待,我等待
我等待,我等待,我等待,我等待,我等待,我等待
我等待,我等待,我等待,我等待,我等待,我等待
我等待,我等待,我等待,我等待,我等待,我等待
我等待,我等待,我等待,我等待,我等待,我等待
我等待,我等待,我等待,我等待,我等待,我等待
我等待,我等待,我等待,我等待,我等待,我等待

93

不,不对。根本不是等待。我压根儿就没等待。我几乎从不想那一天,我没有兴趣去想它,我不提等待的名单,几乎不和别人谈及要接受器官移植。也许我还是不想,或许我不愿意从我腹腔内切走两到四磅肉,我难以想像把我的肝取走,换上一个死人的肝,也许我愿意留着我自己可爱的肝脏,不管它多坏,根本不想交出去?我每天疲劳,肚子里积水,影

响感觉,可这又有什么不好吗？一切都不该如此而该那样吗？我不能就像过去那样已经成功地,那样简单地继续活着吗？或者,如果不行,就死去吗？

我想像着,器官移植之后一切将伟大,奇妙,总充满阳光。不,我没等。有时我把电话放在家里,有时我关机,有一两次我索性到国外去,原本是不准这么做的。我和死亡稍许来点游戏。

每天去想自己生命的终结或不终结,压根儿就不太容易。

一个新的生命开始

两点刚过电话来了。我吃过午饭，坐在我办公室里，一个声音说，瓦先生，我们有适合您的捐献器官了。我等待着这个电话，我一直害怕这个电话。孩子没来，周末才该再来，我已吃过饭，不必饿着进医院，而且别的没什么打算。太阳照着，我想，嗨，我多想再待会儿，或许几年。可还是说：可以。之后那声音回答，他们现在就派救护车来。

四分钟后我站在楼下房前等着。有空的停车位，城市空着，柏林放暑假，很热。我看着花盆，里面花开着，看着铺石路，看着步行路板之间的脏物，看着马路对面咖啡屋前的桌子。大约一个小时前，我觉得，好像过去了好多年，我在那里刚吃过饭，服务员招呼着，我们相互认识。

我身边放着一只棕色旅行包，我随便扔进了几件东西，不是所有东西都在门边准备好了——尽管我知道，电话随时都会来，可没想到是此刻。或许我根本就没愿意这么想，屋里穿的鞋，我现在想到了，总之是被我忘了。当女理疗师三天后逼我第一次重新站起来的时候——站起来是最重要的，女医生说——，我脚上戴着橡皮手套，很怪异的样子。我觉得可笑，可是笑起来就疼。

我记得，我另外一次准备得还更不充分。我从一块步行路板挪到另一块，我走来走去，不得不，不管愿意还是不愿意，想起，我的电话已经响过一次了，在一个结冰地滑的冬夜，凌晨四点，孩子在隔壁房子里睡着。还没有完全醒来，拿起话筒，听到一个声音，说了我刚才听到的同一句话：瓦先生，我们有了适合您的捐献器官了。我即刻回答，根本不需要思考：不，最好不。最好不，我想，因为，否则我会吵醒孩子，而且，我怎么向他解释我要进医院，在深夜里？我原本可以把隔壁女邻居或孩子的母亲叫来的。

第二天上午我打电话到器官移植中心，问，我是否做梦接到了电话。我不知道是不是做梦听到了，或者，我想说服自己，已经不知道了。相信我只是做梦听到了这个电话，我觉得是个好的理由，因为我当然知道，我应该答应才是。什么时候，有人要帮助延长我自己的寿命呢？我了解到，我的电话的确响过。我说“不”之后，另外一个在等待的病人高兴了。

我后来打电话告诉了B我都拒绝了什么。我没听到指责，但他建议我以后不要再拒绝了。我决定在等待名单上待着，已经等待的时间不会作废。

四五个月之后静脉破裂。

此刻，我等待救护车已有三四分钟了。我还可以溜掉，我想，干脆溜掉，关掉手机。一个住在隔两个门洞的女人推着自行车走过，后座上的儿童座位空着，我们相互微笑招呼。我找到电话，在我身后裤兜里，但并没关掉，而是打电话给器官移植中心，问救护车在哪里。肯定马上到，一个声音试图安慰我。之后，既然已经把手机拿在手里，我索性写短信发给朋友们，那几位我在万一情况下要告别的人。我写道：现在住院，换新肝。我的确发出了，几周后我在我手机上再整理短信时，看到了：我现在住院，换新命。①

我不断打电话，直到救护车盛夏犯困似地，半死不活地，突突突地开来。副驾驶门开了，一个男子下来，好像全世界的时间都是他的，转身对着我，跟我打招呼，问我，是否不用额外付费的，若不是，则要先收五欧元。之后，他才把手放在推拉门上，打开了门。我上了车，在钱包里找到了一张皱皱巴巴的五欧元纸币，我以此付给渡船驾驶员摆渡费。船启程，加速缓慢，我想知道，船能不能稍许快点儿，他们答应我用急救车灯。驾驶员说，医嘱里没说明是否用急救灯，但别急，假期当中，反正路上车不多。

我办公室的书桌上和靠窗的宽凳上摆着纸条，上面写着我早想干完的事儿。三个月前我就想给孩子房间订个书架，

① 德语“肝(Leber)”和“生命(Leben)”只有一字之差。

想再装一盏灯，给冰箱化冰，想洗洗碗，去理发，明天或后天。我突然记起来，这个、下个或再下个星期该向谁打个招呼，谁那里已经几个星期、几个月和几年没答复来信了，尽管我或许已经承诺。我也一直想认真地留下遗言，收拾书桌中间的抽屉，整理书桌后的那堆纸，想给吕贝卡写信，几年了。我又没想到，她已不在人间了。

救护车开进了菲尔绍院区，我认识这段路，常来。沿贝纳街下来，右拐经过健康泉区，驾驶员顺着格劳恩街开着——和救护车一年多前走的同一条路。那时我想像着车没有顶盖，想像着，带着被打下来的车顶驶过佛兰德斯地区，也许因为是拼石块路，我们今天也在上面滚着，夏季的城市空荡荡的，直到舵手到岸，我的船停到了4号楼前入口处。

副驾驶下车，为我打开推拉门，不仅陪我到电梯，还陪我一起上了七楼，交给住院处的门卫。他的任务是把我交出去，如果独自一人，我在电梯里会有其他想法或是走丢了，谁知道呢。一位和蔼的护士向我打招呼，送走司机，变形开始了，我必须穿上淡黄色的保护衣：进入此地，不可传播病菌。

护士把我引进一间有朝东大窗户的房间里，太阳照着，我看到洪堡树林公园，看到两个防空塔，井街旁的玻璃大楼，腓特烈·路德维希·冯恩体育公园里的强光照明柱，我甚至看到了我住的那条街的屋顶。四五位穿着防菌服的人在我周围忙碌着。其中一位拿走了我不需要的东西，我的眼镜，父亲留给我的表，我的钱包，手机。我边脱衣服，边回答那些规定的问题。何时开始得病，上次取血时间，您病历数据有何改动，地址是否有效，须告知何人，是否有假牙，我摇着头。之后我在声明同意的文件上签字，再上一趟厕所，穿上手术衣。取了血样，也订了血，安好一只中心静脉导管和一只动脉血压计，黄绿色液体消过毒的腹壁外侧和胸腔，贴上了电极。我刚吃过饭，没有多久，我说。如果不是猪排，没问题，我听医生随便说着，突然觉得格外舒服起来，就我而言，现在可以随便到哪里去了，甚至到另外一个星球上。我也许被冰冻起来，我稍稍有点儿这样希望，几年之后再醒来？我把身体交出去了，有臂膀和腿脚的躯干耷拉着，正好，耷拉在我的感觉机器旁，我猛地不那么确定，我还在不在我里面，我属于医生们，奇怪，没有恐惧，到底是为什么！

在通往手术室的门厅里，我遇到一位友善的麻醉师，一位魔术师，他将很快让我消失。后来，我只能回忆起他的胡子以及短暂有趣的对话，是关于我的无助的，他列举着接下来要对我做的事，对此，我无法一一清醒地感受。他是对的。他在我身上稍稍做了些什么，我就离开了——可能被推进了手术室，我想也许还有：直到此刻，生命本来完全是美好的，但我或许不再是那个想着离开的我了，我感觉不到什么，我根本就不再存在了。

一个身体摆在手术室的台子上，睡着的，像菲利普·阿里斯书中的棺盖尸雕，书中有很多棺雕插图。我远远地看着躺在那里的人，会是谁呢，然后想像自己是教授的助手，我成了站在这个身体周围的医生中的一个，拿着钳子，六个或七个小时之久。我的躯体，是的，我现在认出它了，就是他，摆在台子上，横着一刀，上腹被从脐带到胸骨打开，皮层被翻开。先要换掉病坏的肝，从下腹腔取出，周围看不见血管。

肝切除术按教科书进行：开腹探查后，显露肝左叶，分离上肝静脉，显露肝右叶，分离肝后下腔静脉。分离切断胆囊管和胆囊动脉，分离肝十二指肠韧带，显露和结扎肝动脉，门静脉及胆管支。显露分离肝门附近的肝动脉，胆囊动脉和胆管动脉，钳夹血管和胆管分支，结扎，分离下腔静脉，在肾静脉上钳夹下腔静脉，缝扎下腔静脉表面的侧支血管，膈下及网膜孔附近置引流。显露和钳夹下腔静脉，钳夹上肝静脉，游离肝周韧带，显露膈下空间。

病人详细病历此前已知。欧洲器官移植中心提供了血型相同的肝脏。7月14日收入住院。

原位肝移植诊断已详述,并已对病人做全面解释,依据肝病严重程度系统评估,以背驮式原位移植方式(脾脏动脉置于胃十二指肠结扎、胆管引流)完成,未发生并发症。

术后继续观察治疗,病人人工呼吸器撤除,病人可自行呼吸,血压稳定,转至重症观察室。

就这样发生了。我有了另外一个人的肝脏,一位死了的男人或女人捐赠的。从他或她的身体里切了出来,移植给我,取代了我的肝。我难以相信。

我知道,也会是另外的一种情况。我可能在那个苹果糊之夜流尽血,在浴室里,在浴盆上,在救护车里,在去医院的路上,急救医生已经把我的器官捐赠证明拿在手里了。其他地方的人就会很高兴,能够活下去,或者在等待的名单上不会死去,他们的电话在夜间会响起,一个声音会说:我们为您找到了一个肺,一个肾,一个心脏。只是,我的肝脏帮不了人。

94

我看到光，很多光，一盏大灯。我飘在城市上空，这座城叫什么来着？我甚至有翅膀，看呢，我是一只鸟，是一只自由国度的鸭子，我游着，飞着，潜水，对不起，我的名字是唐老鸭。

95

每呼吸第三次我就听到橡胶皮吱吱的声音。谁呼吸声这么响？我还要呼吸吗？我不是在水下吗？吱吱的声音成了模式，在滑道上，总是在第三次呼吸时发出。

96

后来，也许是以前，之前或之后，窗户前，对，应该是窗户前，又亮了。光的海洋消失了，我看到一块天空。哈哈，我又回来了，多么美！我能够活动一只手。而且我听到一只鸭子。

97

请您把这动物赶出去，我想对房间里的男人说，我想，是一位护理员。我不想房子里有鸭子，我想说，但说不出来，我发不出声来。我清楚地听到鸭子声，它只是藏起来了。您好好看看床下面，我想说，它就那里，我听到它在呱呱叫，透过这设备的噪声，它对我说话。它说西班牙语，为什么不呢。

98

一个穿着全白衣服的女人坐在我的床上，她既不是护士也不是医生。她从窗户往外看，还没发现，我已经睁开眼睛。她手里拿着个硬纸带盖的咖啡杯，她喝了一口，然后转过头来，朝我这边看过来，但好像不是看我。我不知道，她是不是真在那里。不，她确实在那里，因为我能感觉到她的手，先是胫骨处，然后膝盖上。

可她到底是谁。我们或许遇见过？我们之间有何关联，我现在应该回忆起来？这会儿我不是还应该想到有个孩子吗？女儿会对这个不是她母亲的女人说什么？她现在留下，我这样理解她的触摸，但她没说什么话，窗前反光，我认不出她。她笑着认真看着。她金黄色的，一头乌亮的头发。

99

一位护士端进早餐盘，嘿，我又可以吃饭了，我吃惊地想。她拿着烤过的吐司面包片，为我往上面抹黄油和酸樱桃酱。我知道，烤过的白面面包比没烤过的细菌少。女护士笑着，把面包切成窄条，让我想起为孩子准备的果酱面包条。这里，我是孩子。

我好久没吃过这么好吃的了。我活着，而且我能吃饭。多幸福啊！我把果酱盒子上的果酱舔干净。

100

在动脉里量血压，扩散到右臂；不用在胳膊上裹着个一刻钟吹一次的腕套。我脖子上戴着一根大的静脉导管，挂着三到四个软管，还有个导尿管，T形引流管和护理引流管。氧气，甜甜的氧气，透过贴在我鼻子下的小软管进来。汩汩的森林小溪，这个，我已经见识过了。

101

我睡着了，又醒过来，惊奇地看到不寻常的红、灰、紫色的天空。它闪耀着，好像今夜是另一个星球上的夜晚。鸭子呱呱叫着，证实着存在，我动弹不得。但理疗师依旧过来，逼着我站起来，走三步。三步直到深渊。她扶着我，拽回我来，帮我上床。

102

房间里的仪器为我工作。或者我是在为仪器工作？躺在这里的这个躯体、我处在其中的这个躯体，是在为仪器工作？有可能是我在驱动所有的仪器，这个想法，在我脑海驱之不去。当然，我开始遐想，所以一切才如此费力！我要被接上线，抽出液体，被处理。

103

黄金色乌黑头发的女士在我旁边，房间里的护士和护理员们有意地忽视她。我猜想，她们是为我好：难以想像，能允许在这里和一个女人躺在一张床上。尽管，在这个床里并不挤。而且激情似乎不需要太多空间。她吻我，所以她的确存在。

移植器官功能一直良好,多普勒超声检查确认功能正常。相应的静脉输液后,病人瓦先生血流稳定,心脏循环系统稳定,肝功能良好,可以转至常规病房。

104

我被推出重病病房，再见了，美景。低一层楼，下去到常规病房，进入一间新房子。我又很幸运，被放在靠窗的位置，朝南。这里很亮，这里很热。外面一定是美妙的夏天。

105

柜子边的床上坐着一个男人，玩着一个苹果。他穿好了衣服，马上要出院，包已装好。他等着和医生最后谈话。他不时地站起来，走到窗前，向外望着，又回到床前，这苹果显然是餐后苹果，他抛上去，再接住它，在手里转着，然后再抛起来。他的电话响了，是他的妻子。他说：别，先别开，我还等医生呢。他继续踱来踱去，玩着苹果。

医生终于来了，他没有等来好消息。我躺着，听着，我没法干别的，没法起来，没法走出去，也没法闭上耳朵。我听见，我的邻床病友不能再手术了。抱歉，医生说，没法做移植了，癌扩散太大，很抱歉。

那个男人，他的名字我还没搞清楚，我只是在被推进房间的时候，和他打了个招呼，现在知道，他会很快，今年，两三个或四个月后就死去。他知道，医生知道，我知道，因为肝癌，很快。他捻着那只苹果的柄，让它在拇指和食指尖部旋转，果柄很快折断。

医生离开病房后，那个男子哭了起来。他不只是哭起来，他泪如雨下。他站在窗户边，离我的床很近，号哭着。我知道为什么，但什么也不能说。难道该说：抱歉，我可以手术，您不行？

他从床头柜上拿起电话，打给他的妻子说：你不必来了。不必，我听他这么说，请别来，我自己一人回家，我叫辆出租车。

他站在门口，一只手拿着包，另一只手拽着门把手，胳膊上搭着一件薄薄的夹克，向我挥了下手，他祝我一切顺利。我也祝他顺利。

106

我醒来时，看到旁边摆了一张新床。轻轻的呼噜声。我看到枕头上一缕白发。

一位女医生进来,她的红发引人注目,穿的不是白上衣,而是蓝色手术衣。她问我,情况如何,是否还疼,让我按1到10的尺度定位程度。是1基本上无痛?是10痛得难以承受?我不知道应该如何回答。

107

天空乳白,早晨五点。远处涡轮机嗡嗡响,我看到发电厂的几个塔,孤独的高压电线杆和蓝色天空中灰色的烟团。稍后,太阳爬上了对面建筑平顶顶层的边沿。原本的白色-橙色褪去,灰色的风向袋亮起来,打着招呼,懒得飘起来,瘪了,只是被一个环撑着。它本来是为直升机驾驶员指示风向的。

108

我祖父为何突然来了?还说起一个战友,死于腹部中弹,就在他身边战壕里?此外,我祖父从没有说起战争。只是重复不断地讲那个指南针,他被俘时藏起来了,因为他知道,会用得着它的。他在匈牙利被苏军俘虏,没被送到西伯利亚,很幸运,他可能太老了,1945年时他五十岁,这场世界大战是他的第二场。所以我猜，腹部中弹是第一次大战的事儿。

现在他站在我的床边——他怎么进入这个房子的？他根本不可能还活着。他身着土灰色，穿黑色靴子，看上去像美国电影里的德军军官，爷爷讲战争，我没听过去，我不想让人讲故事，总说一切发生得正常。他不在波兰，是在西部前线静坐战[①]的一个部队里，然后，他占领了法国，夺取了巴黎，他觉得对此可以有稍许自豪，因为，此前的战争，他的父亲，两个兄弟没能占领巴黎，他的父亲和两个兄弟阵亡了，在索姆河和凡尔登。之后，完成了对法国的美丽的占领之后，他被派往对苏战场，他可不喜欢俄罗斯，他好像从来没弄明白，为什么到那里去，太大，太冷，没有他在巴黎喜欢的电影院。我看到过他在巴黎克里希广场魏泊乐电影院前的照片，五十年后我去看过那地方，电影院还在。

109

一只乌鸦落到了支撑那只干瘪风向袋的棍子上，风向袋让我想起一位长发修女的帽子。现在的修女还戴帽子吗？尽管这曾是护士们的圣像，她们现今不再戴帽子了。我突然

① Sitzkrieg，1939年9月至1940年4月间，英法因德国入侵波兰对德宣战，但双方在西欧相持不战，被戏称为“静坐战”。

想起薄伽丘《十日谈》里的木刻画，正是因为这些大多色情的木刻画，我很早就对此书着迷，我时不时地翻着看，书就在我父亲房间，书架最下边。插图里几个修女是裸体的，其中一位头上戴着情人的裤子，而不是帽子。风吹动了布做的袋子，它动了一下，应该是阵风，之后又耷拉下去。

110

身体的痛总是现时的，直接的，疼痛是现在。记忆中，疼痛已经没那么高大，回头看则愈加渺小。第二天凌晨就根本没那么糟了。疼痛隐退，只占有瞬间。

只要有痛在，我便存在。

111

孩提时，我幻想着有一天来到一个地方，在那里可以了解一切，在那里一切明了，所有疑问，迷惑和问题。在那个地方，一切都清楚，此生何载，此生何为，我为何来到此世，何事为何发生。我那时想，那里也可解答其他问题——星辰和宇宙，银河与银河系如何，为何宇宙如此宏大，我们却如此渺小，地球上生命如何开启，恐龙为何灭绝，我们，人类却没有，何时我们将到尽头，等等等等。

一次，我九岁还是十岁，我想知道，拿着一把匕首站到床上，我隔壁女邻居从摩洛哥带给我的匕首，想着，要倒向钝钝的刀刃。我想着，如此一来便可知道此生之后将发生什么。学校宗教课那时提供的答案——《圣经》的故事，可爱的上帝，复活和永生——，不能让我满足，宗教课女老师看来对死后的事也一无所知，但我想知道，要用那把更像是装饰性的匕首而不是危险的武器，穿透我那天穿着的灯芯绒衬衣。我那时根本没有想到，什么也不会发生的可能性，也许的确不会发生什么，再也没什么了，我今天也还常如此想，也许所有的谜无解，所有疑问依旧。这么想可不容易，因为“无”对“我”几乎是侮辱——对不可能重要到死后仍然存在的明智会刺痛自己的虚荣。

呵，我想起来了，所以人要有孩子。

112

身着蓝色手术服，红发醒目的女医生又来询问我是否疼的问题。我喜欢，这么做好像什么事都没有的样子。印第安人不知疼，以前人们这么说，我母亲的老话，你别装成这个样子，她喜欢这么说。是德国人也就是印第安人，起码海纳·米勒这么说——他的引言被从报纸里剪下来挂在巴黎马提业街家中的厨房里，吕贝卡发现的，用德萨胶膜贴在了冰箱上。

113

止疼药注入了我身体，还有什么疼呢？我还另外服用几滴，我自己把握剂量。每六个小时我服用二十五滴，嗨，为什么不是三十滴，三十五滴，滴进我的身体，多多益善，万无一失。柔和的麻醉笼罩着我，真是灵丹妙药啊，我在我的床上飘飘忽忽，我如此之轻，我飞。慢慢地，我让不同的护士在我还没用完之前给我新的小瓶子，我把它们储藏在床头柜里，也没有好好登记。我期待着有一天以此开个派对。

114

我起不来，我走不了，我什么也做不了。我躺着看天花板，天花板看回来。有时，我换着盯墙壁了，墙壁也盯着我。我隔壁床上的睡了，我听见他轻微的鼾声。

115

晚饭有肝肠。餐盘上圆圆的小金属罐头盒罩着保鲜膜，偏偏是肝肠，我小时候就不喜欢肝肠，我厌恶地把包装推到一边。刚刚做过肝脏移植才五六天，是不是也有点儿太不在乎了？

116

我还从没喜欢过肝。肝的味和特性总让我恶心。祖母经常做,洋葱煎肝、苹果圈煎肝、土豆泥煎肝,每到此时,我吃掉土豆泥,但不吃肝,我很少动它,就像对肝肠一样,这种浅粉红色、常常稍有糊状的物块,通常放在白色或奶油白色像蜡烛一样的皮里。晚饭时,肝肠放在火腿旁,火腿肠则在圆桌中间转盘上。与此相反,我却很奇怪地喜欢喝肝丸子汤。

117

我听到直升机,但看不见它,窗户看出去的天空是黑色的。我听到直升机着陆,运来了重伤病人?新的器官?飞机停留片刻,又起飞了,我也一起飞,挂在起落架上,城市上空,俯瞰一切,医院,西码头,城市高速路,特格尔飞机场,我还能坚持多久?灯光,噪音,碰撞,而后宁静,美丽的宁静。医院这么安静,我听见墙壁,它们向我述说什么,亲爱的墙壁,我听到你们悄悄私语和我隔壁床的呼吸,偶尔走道里出点声,从远处而来,为安静配音的声音。没人喊,没人叹,都在睡。

118

一位护士帮我拿来病房电话。B在线上,他从意大利打来,说,我的情况不错。他请他的一个女学生、隔壁病房的医生,到我这里看过,我睡着了。他说,各项数据很好。您的情况好,很好。听到这么说真是美好。我现在也相信了。他坐在他在意大利的阳台上,看着海。我可得弯腰,看到运河,我很难弯腰,柏林-施潘道运河,或许还有一只装着煤的小船。船运来的煤炭将在西码头电厂燃烧,发电,使此处的仪器发光、闪烁、哔哔发声。

119

我在床头柜上发现一本小册子,不知道是谁放在这里的。封面是一支钢笔的近镜头半模糊照片,一支不折不扣、有雕刻图文的夸张金笔。那本小册子,实际上就是折叠本,是“感谢信”,我读着:

> 得到礼物,需要感谢。若礼物无价如拯救生命的器官,很多器官接受者感激不尽。

我有感激的需要吗？孩子的时候我可无此雅兴。我总被提醒，要感谢某某婶子，即便是礼物根本不合我意。画幅画，或者写张卡，我听母亲的声音说，于是，我就坐在了一张空的白纸边。为了匕首，我九岁还是十岁时想把它捅进肚子，我很乐意感谢，其实很简单，我画了一幅匕首的画，把彩色图画卷起来，拴上礼品结，按了隔壁女邻居的门铃，她从摩纳哥为我带回了匕首，从一个集市上，那里也许可以买到白色魔马和魔灯。女邻居接过画，给我饼干或巧克力，她没有孩子，细节我不知道。所以，我常常给她画。

> 德国法律不允许了解捐献器官者家庭的身份。我们鼓励您写一封匿名的感谢信。感谢捐献者亲属对您本人和捐献者家属十分重要。家属得到这封特别的信将感到慰藉，感到自己做了正确的事情。大多数捐献者家庭希望得到这样的信号。

是吗？我似乎第一次需要信纸了。我得去阿鲁马广场上的文具店，得起来，穿好，离开这个房间，然后沿着走廊，从玻璃箱旁走过，穿过病区的门走到电梯，得等电梯，进去，在标着一字的按钮上按下去，到一楼，下去。我到栗子树下的林荫主道上，向主出口方向走，要穿过院子和门房，走过花店和散发着油味儿的小吃摊，要走过那片荒芜的绿地，过巨大的路口，那儿什么也没有的，本该是个广场，最后到那个文具店，在提福特街转盘的后面，打开门，我经常去那儿，我喜欢这个店。在那儿我可以买信纸和一支新的钢笔，第三支，第四支，第五支钢笔，一支不会漏水的钢笔，用它，更容易写下我魔幻的思想，因为，一支新的笔一定有要说的，句子会由它流出，就这样。

在起草一封感谢信的时候，有许多问题：我可以写这样的信吗？我会找到合适的词，不伤害痛苦中的家属的感情吗？我往哪儿寄？

我一直就喜欢写信，我其实一直更爱写信，而不是说话，对，现在我想，那些没法说出来的，我一直更爱写，而不是说。有那么一次，我给一个完全不认识的女人写信，一个芬兰女人，好像是1991或1992年。我给她写信，是因为我多年来有一张从青年杂志上剪下来的小广告，上面写着：她，这个芬兰人，在寻找信友，她的爱好是航海，冲浪，阅读。在一个极小的，就像孩子指甲那么大的位置上，有一张她的照片，一个剪着松散童发的女孩微笑着——我怎么都认为，她是金黄头发，照片是黑白的——，她笑着，我肯定，这微笑是冲我的。我当时十二三岁，她已经十五了，我知道，现在我给她写信，是没有机会的。于是我从杂志上撕下这张广告，把这小片纸放进了抽屉。七八年之后，我从家里出来了——搬了几次家，整理我的书桌，碰到这张纸条，想把它扔了，可又想：怎么样，我现在逮到你了，北国的姑娘，这么久了，现在我也还可以给你写信。于是我写了几句关于我的生活，还写了为什么她现在会收到我的信。不到两个星期，回信就在我的信箱里了。她写道，她很惊讶，很高兴，她母亲把信从她的家乡转给她了，她现在生活在赫尔辛基，有一只猫，她在行政机关当雇员。尽管那时，七八年前，她收到了两百多封信，却没有建立起长久的通信友谊。

120

这张折纸，我还拿在手里，谈不上通信友谊。就是说，我要写这样一封信，不可以泄露我个人的情况，不可以让人以任何方式来反证我的身份。那我怎么能写一封完全非个人的信呢？也许这该是封完全非个性化的信，完全不能透露我自己？不能说我的名字，不能说我的年龄，不能说我生活的城市的名字，也许还不能说我的性别？在这封信里，不能有男女的确定。也许同样还不能确定，这个捐助者的家人是否真能收到这封信，捐助者身后留下的亲人有权决定是否要读这样的信。中介机构只能通知他们，是一个器官捐赠接受者写的。如果他们不拒绝，这封信，可以读——他们不可以回信。

121

可是我能够写一封我已经知道不会有回答的信吗？我总是会等待回音，我小时候就这样。我如此等待，在一大早七点差一刻，穿着睡衣就会到门口的信箱里看看，因为我想知道，信差是否在夜里来过了。我妈妈有一次抓住我，问我，我在那儿干什么，早上七点差一刻，穿着睡衣站在门口。我想找借口，说想等着拿面包，面包房送面包的车还根本没有到，面包车一般是七点二十才从这里开过，那个跟车的，是个学徒，比我大不了几岁，还没有把面包袋甩在我家上面一级石阶上。接近中午，我从学校回来，就发现了，我等待的安德里娅的信在厨房桌子上，她从法国给我写的，她在她的语言交换生家住几天。信的结尾让我很激动，真的写着“问候和亲吻，你的……”，接着，有点儿看不清，一个名字，我很努力地用想像力才辨认出来的安德里娅。在我几个小时无数次读着吻着这封信后，我有了一个想法，这儿写着的这个名字也许是尤里斯，从语法上也更符合这个你的（男性），这儿写得很清楚是男的你的，而不是女的你的，之后没有逗号。可谁是这个尤里斯呢？“问候和亲吻你的尤里斯”是什么意思？到底是她寄给我一个吻，还是没有？我糊涂了。

122

几年之后，在巴黎，邮件一天来两次，我很幸运，上午和下午都在信箱里发现了来自吕贝卡的信，大多数时候，信封里是从杂志上撕下来的或戏剧节目单折的，我也差不多。有时我很想知道，我们当时写了些什么，但其实有她的信就够了。我把它们扎在一起，放在我的一个小箱子里，放在阁楼上或储藏间。我自己的信她肯定是扔了，在她死之前的很久，我有时走得很远，想着她会像我等她的信那样，也等着我的信，无论如何我是这么想的。一次，还是在柏林的时候，夜里两点半左右，我从柏林夏洛蒂堡区出发，沿护城河，穿过蒂尔加藤动物公园和勋伯格区到十字山区，穿过格里兹公园，沿西里西亚路往下走，经过奥伯鲍姆桥，那会儿，塔还在施普雷河里，从弗里德里希海因一边走过，到老的华沙街城铁站。一次绕了大圈的夜间漫走，只是为了到博克斯哈根纳街把一封信投到信箱里，就给她一个消息，她得在星期一得到它，建议下午在哪里见面，只有几行字，却花了四五个小时。当时还没改建，她房子的门，总是开着，生了锈的信箱还能用，门铃我却不能按，她还和她的男朋友或说前男友住在一起，很复杂。当我回到我的屋子的时候，太阳出来了。

123

我的邻床，他的肝右叶切除了，这么热，不能睡觉。一天晚上，他和我说知心话，他儿子多年的女朋友，他的准儿媳，他把她当女儿一样，去古巴旅行，小两口提前的蜜月旅行，她却爱上了一个古巴人，她马上，还在加勒比，就马上和他儿子分开，和这个古巴人结了婚。他儿子从那时起有点儿像掉进了漩涡。现在，他在斯特格里茨的一个中学当学监，和一个有夫之妇有染，那女人有两个孩子。他没有想到他儿子会这样，这个邻床说，但最终各人有各人的生活。

124

这么热，我几乎裸着躺在床单下。我不愿意露出来——肚子，我的肚子，这个身体的肚子，我不愿意看。一个护士过来，掀开，把盖的拿走，在她把新的盖在我身上之前——她把床单横着全部抖开，让它像一个平铺开的降落伞降到我的身上——，我还是看到了，这东西，拽紧我胸脯以下的皮肤，看起来像巨大的虫子。这么大的昆虫不是早就灭绝了吗？

这巨大的黑东西是用黑线缝的皮肤的肉肠，它从胸骨下面一直到肚脐，在那儿又分成了两条肉肠，它们斜着向骨盆下去。艺术品上的伤口我一直喜欢看,可是这算什么?两个塑料管子从我的右面斜出来,这个地方,就是我小时候经常岔气的地方,如果我跑得太快或者在跑的时候呼吸错误。两条管子穿过我的皮肤,好像在我身上建了一个接口,可惜没有U盘,我不能安上电话,它们也有类似的线。于是突然间,一个至今只与电脑联系在一起的词,我第一次理解了它的真正意义:接口是伤口,伤口就是接口,从这儿进去,再从那儿出来。

125

B从意大利回来了,站在屋里说着。他说,第一例肝移植手术是在科罗拉多的丹佛,是1963年在外科大师托马斯·斯达茨的领导下做的。后来他多次在会议上与他碰面。在此后,继续做过许多肝移植,但直到1967年,这一年第一例心脏移植成功,接受器官移植的病人存活超过十二个月。从外科角度,这类手术早就没什么障碍,困难是排斥反应。没有有效的抑制,接受者的免疫系统对新器官起反应,一年存活率在当时是百分之二十五,四个做移植的,一年之后还活着的,只有一个。

几乎十年,我听着,几乎没有进步,然后,有新的药物发展了,环孢素和其他的钙调神经磷酸酶问世,1984年,真是奇迹！在筑波山脚下，东京附近，在一次土壤分析中发现了一种至今还不为人知的细菌有惊人的免疫抑制作用。这种药物，从这种细菌提炼而来，1994年，首次被许可使用，我现在每天早上晚上都在吞咽，因为有它，我很好。

B带来给我斯达茨的自传，我草草翻了一下，他描写了，他如何在一次公园散步中观察两个姑娘，呼唤他的两只狗。有一次他谈到狗，上千只狗在他的移植试验中死了，他长年用狗做移植外科的练习，总是做狗对狗的肝移植，所有可能的免疫抑制在可能的组合中都在它们身上试验了。

那整个时间他都和狗打交道？

此时我完全想着狗，它们也是为我死的。

126

一个护士找来一台电扇，放在我们的房间里，它转着，来回摇着头，让空气流动起来，可是晚上，昨天前天都这样，夜班护士又把它拿走。她一定想，我们睡了，她的房间也一定很热。我们问了，另一个护士上午就又把它拿回来了。

127

四五年前也像这会儿这么热，在意大利，夏天我去加尔达湖看尤莉娅，在她的朋友尤迪特以前的一个崇拜者留给她的一座房子里，住几个星期。尤莉娅从那儿打电话给我，说她对那儿着迷并邀请我去，求我去，于是我马上决定订票，从柏林飞到贝加莫，从那儿坐火车经维琴察和布雷西亚，到加尔达湖南岸的代森扎诺。下午一点半不到，我下车了，从西岸向北的汽车，下午四点以后才开。火车站的酒吧是关着的，我坐在站前广场上等着。如果没有行李也许我就走路，只有十公里路，可是天很热，非常热，我的包，棕色的包，这会儿在医院柜子里，很重，我带了太多的书。

在这张椅子上就这么坐着差不多一个小时，尽可能不动，我把书拿出来，我在飞机上就想看的，我带着这本书，是因为我知道，这故事发生在意大利。我读着，很惊讶，我在一页上看到代森扎诺这个城市的名字，正是此时我在的这个城市，我更为惊讶的是，当我清楚了这本书提到的火车站，车站大楼，广场前的出租车司机，我这会儿看到的，正如书中描写的，在车里打着盹。甚至还有撒尿处标记，火车站的厕所，据说还是上世纪建的，也就是说，没有或是很少改变，我反正是要去厕所，我去找，边想着，车站小便处，这个词在外公死的二十多年前就不再听人说了，我最后还真又找到了洗手盆上面安着的模糊的镜子，五分钟前我刚刚读到的。它就挂在那儿。

蓝色的公共汽车，如时间表上写的，到了，空空的。司机卖了我一张车票，我是唯一的乘客，他带着我，沿着波光粼粼的湖面经过萨罗到加尔卡诺。尤莉娅和尤迪特两人都已晒成了棕色，我们在河边见了面，抽着烟，她其实一直抽着烟。似乎在接下去的几天里，我没有一次看到她手上没有烟的。尤迪特甚至下水还抽着烟，不过水只到膝盖，湖水冰冷。直到傍晚，我们在面对湖光山色的阳台上吃完晚饭，她们才告诉我，尤迪特的崇拜者，一个年长一些的男人，这个房子的主人，三天前死了。非常突然，就在湖边，在她到的当天，不是在我们住的这大的老房子里，而是在上边的那座小的新房子里，那是并不少见的柏林建筑，在原先的马厩位置上建的。现在我明白了，为什么尤莉娅说，这儿有很多位置。其他的夏天住客走了，就我们仨，尤迪特把孩子放在了父亲那儿。那湖，我还知道，夜晚会发出咯咯的声响，河对岸与湖面垂直的岩石，在月光下，像块巨大的墓石。

第二天，还是第三天，我们租了一条帆船——尤莉娅，这个造船人的女儿，对船很熟悉，驶过马尔切西内，刚好在旅馆吃饭，这家旅馆是我小时候最后一次和父母度假的旅馆。晚上，当我们把船还回去的时候，太阳灼伤的背开始痛了。

不久之后，我们把尤迪特送到罗维雷托的火车站，她乘上一列去的里雅斯特的火车，去和一个画家见面，她和他有过段关系，这个画家，我现在都还会在柏林的街上看到，我们打招呼，他住在附近，结婚了，有两个孩子。尤莉娅和我在湖上的房子里又待了几天，游泳，读书，玩羽毛球，在夹竹桃丛生的院子里采摘西红柿，烧西红柿酱，开车散步，在山上村里的饭店吃晚饭。那个死屋，一个白色的，在太阳的照耀下发亮的盒子，我们不走近它。

也许完全不是这样？我现在问自己。毫无疑问，那时天很热。我还记得，这两个女人中的一个当时有过一个伟大的举动，在她们启程离开柏林时，把一个装满草的信封寄往加尔达湖，当然它空着到了。一天夜里，我们在湖边坐着，抽着烟，我们唯一的打火机滑进了大块湿滑的鹅卵石间。我们花了几乎一小时寻找这个打火机，四肢着地，抽着，醉着，像这样，笑得肚子疼。我们这么找着，烟得要一支接着一支地点，不间断。

128

我的邻床，那个切除了半个肝、儿媳妇在古巴丢了的男人，转到别的医院去了。整个上午，我独自一人躺在房间里，病房护士进来对我说，我得换房间，新的房间更漂亮，还要漂亮，我却知道，这是病房幽默，房间都是一样的。她把我的包从柜子里拿出来，开始为我装包，推着我，小的旅行，下一间房间，把我还是推到靠窗。一个护理实习生把床头柜推过来了，我的止痛药没被发现。

129

我又出了一身的汗，护士给我拿来一套干净的睡衣，帮我把湿的衣服脱下来，又帮我从头上套进干爽的，扣好，管子和挂着的袋她小心地从短袖里掏出。我自己还穿不了衣服。我很喜欢护士不是说睡衣，而是说羽袖衣。我越来越想有一对翅膀。

我不得不想起吕贝卡的睡衣，在巴黎差不多半年的时间，在我枕头下放着，在那个挂着海纳·米勒语录的屋子里，是德国人也就是印第安人，我每天早上都读它。她的睡衣，白色的，从她外祖母那儿继承下来的花边睡衣，她在第一次来时留下的，作为纪念，另外她还可以宣称，她还有一件睡衣在巴黎。在她第二次来时，她生气，说我没帮她洗好，但我有一个好的理由，不洗它，我想要有她的气息。

我去摸薄薄的医院枕头——但只有我拨到无声振动上的电话，插着耳机，没有继承下来的花边睡衣，可惜。特别的是，我到今天，几乎过了十几近二十年了，还有着这样的想像，嗅到睡衣的气息。这是个气息电池，让吕贝卡的香气流动，此时于我，正如在记忆中，它扑鼻而来。她穿着这睡衣，很透明。她没有穿内裤，她的阴毛透过花边闪亮。

130

又来了：我能相信我的记忆吗？也许一个新的记忆移植到我了？我是突然有了一个不同的过去，至今没有注意过？这也许是你的记忆？这本不是吕贝卡的睡衣，而是你的？

我现在是个奇美拉[①]，B对我解释：在移植后，器官接收者的骨髓显示出奇美拉现象。在基因型上说，我已不再只是原来那个我，我现在也是那个器官捐助者，也就是你。生物化学，在我的意识里产生的，也已经变成另一个了。我想，可能是你。我现在血里有的蛋白质，以前是没有的，因为我自己的肝不再或从没有生产过它，也许我有的感情，我还没有或不再认识了。我是一个合起来的新人，补充了，也更好了，一个奇美拉。一个杂种，快成里普利卡特[②]了。

131

在《原因和人员》[③]里帕菲特问自己，他的身体得有多少

---

① Chimaere，一译喀迈拉，源于神话狮、羊、蛇合体，生物起源学指喀迈拉现象，为嵌合体。

② Replicant，美国同名科幻电影（2001年）中的克隆人。

③ *Reasons and Persons*，英国德里克·帕菲特（Derek Parfit）著，1984年牛津大学出版社出版。

细胞逐步地和葛丽泰·嘉宝的细胞换,最后才能成为嘉宝。一只手细胞够吗?腿呢?还要有她的脸?还需要嘉宝的大脑?帕菲特意思是,一个人身份的确认在根本上是不能确定的,这些提问毫无意义,而心理学和生理学的连贯性并不以同一性为前提,这些不是至关重要的。我可能变成德里克·帕菲特、葛丽泰·嘉宝或随便一个什么人,比如说,你。你的细胞在我这儿已经足够多了——不过打住,我想,身份认定没有意义,啊哈,我将是你,我,和现在叫着嘉宝的我们。

132

夜里我又被直升机吵醒。它又用冰袋带来了两个肾和一颗心脏?半夜降落的直升机听上去像是越战片,《现代启示录》[①]。我躺在一个很热的房间的吊扇下,我吃豆子,我在直升机里,听着女武神骑行,看着气浪,燃烧的村庄,凝固汽油弹的风暴,在丛林中降落,乘巡逻艇在所谓的刚果河(影片摄制场地)上,在这些疯狂的幻象渗入我内心之前,移动,剪切,另一部电影结尾出现,《星球大战Ⅲ——西斯大帝的复仇》:阿纳金天行者和他的朋友与导师欧比·万·肯诺比决战,打败了,被断肢,两条腿被废了,被火山行星吞噬,身体开始

① *Apocalypse Now*,美国电影,弗朗西斯·科波拉导演,1979年首映。

燃烧，只有他的机械手还在，安纳金本来该死的，却意外地被皇帝所救，机器人对他余下的身体做手术，改善他，补充他，让他有新的超能量，给他戴上黑色头盔，呼吸面具，光剑，还有斗篷，并赐名达斯维德——我深吸一口气，头嗡嗡的。静啊。

133

第二天我在报纸上读到，一个农民，从一个死者身上移植了手臂，他自己的手，在一次收玉米时失去了。手术进行了十五个小时，四十多个外科医生、麻醉师和护士参与了，两个平行的工作组移植一只手臂。困难还在于，手臂要牵涉到大片皮肤的移植。异体的皮肤会引起接受者强烈的免疫反应，移植的手臂的骨髓也同样要产生免疫细胞又会攻击接受者。在我读的时候，我问，这个病人如何被免疫抑制的，他的用量会是多么高？神经一定慢慢在增强，我继续读下去，已经一年过去了，就是说，这个病人的一只手可以动了，而另一只还不可以。已经一年以后了？这儿的已经这个词说明了什么？我看看我的左手臂，然后看看右手臂，我注意着，稍稍动了动——其实我对它们挺满意。我想两只手我都要。

134

我记得，在动画片《飞出个未来》的某一集中，恐龙城里的恐龙把片中主角弗莱的双手咬掉。幸运的是，公元3000年时在纽约的某个大街拐角处有一家专门修复手的店。弗莱觉得他的新手要比原来的漂亮许多。

135

今天几乎没有人谈及种植，而总是说器官移植。显然是害怕这其中明显的生物学景象，就是挖出来，又栽进去。拉丁词“移植”掩饰了事情的过程，尽管其中隐藏着整个种植园。

种植听上去像是园艺活，像是拔草，移换花盆，挖坑，放置根球，填上土，轻轻压压，浇水。秋天里除草，剪犬蔷薇和果树，把树叶耙成堆。我从不喜欢在园子里干活，所以问自己，怎么偏偏今天梦见了除草，梦到了我在草地上剪出来的图纹，条形和弓形图案——小心电线，我听到母亲叫道，你不能压过电线，边上，就在那里的边上不能留茬子，不然就得事后返工剪除。边干我还得把集满草的袋子送到积肥处，清理掉。幸运的是我现在起永远不需要再干任何园子里的活了。园里的土中隐藏着太多的病菌。我也不能有盆栽植物。没关系,我一直喜欢插花。

136

A liver is viable only up to eighteen hours after harvesting[①],我读着斯达茨的自传。稍早的文献里说是*harvesting*,就是收获的意思,这个词让我惊恐。我联想到一个躯体农场,想到今年的肝脏收成。与此相反,那个德文词器官摘除听上去是多么冷漠和绝情。

137

或许我最好想,我只是被安装进了一个零部件。像是一辆汽车。如此一来,我也许就摆脱了生物学隐喻。

138

我把一只胳膊伸到枕头下面,想摸着吕贝卡的睡衣——可我不是在巴黎马提尔街房子里泡沫材料制作的床上睡懒

---

① 英文:肝脏收获后十八小时内可用。

觉,而是躺在柏林的医院里,距离萨维尼咖啡馆没有多远,我和吕贝卡在那里第一次相见,很多年前。我们大学里就认识了,她是我朋友的女友,我们却一起坐在那里,吃着奶油苹果蛋糕,有很多话要说——她父母,我父母,她的童年,我的童年,来来去去几个小时,一点儿没歇着,她和我,基本上交替着说,偶尔还同时说,我觉得像是二人秀。下次到我那里去吧,她告别时对我说,并且吻了我,很不同寻常的是,吻了嘴。

两三个星期后她来拜访我,我们喝茶,听哥德贝格变奏曲,从那个下午之后,只要听到这些曲子我就不能不想到她,音乐在光盘播放器中重播着。过了好久,我的手才放在了她的手上,她问道,那么,我该怎么反应呢?我没说话,耐心等着她是否把手抽回去,她没有。有一会儿,什么也没发生,随后她用食指抚摸我的手背,我想,到那一刻,这是一生中最令我兴奋的触摸。我的手背还在,我看着它,用我自己的食指摸了摸,但完全没有那时的感觉,只是意识到,我的手背现在多了不少斑点,而吕贝卡摸的时候,它可不是这样。

她抚摸我的手,非常温柔地抚摸,没多久之后我们就什么也不穿了,从三月到九月我们几乎每天都在达雷姆见面,在自由大学附近,在植物园里或在施瓦茨古伦德草地上,总是偷偷地,那会儿她还是有男友的。我到巴黎作学期交换时,她很快来看望了我,把她的睡衣留下了。

139

女护士带来一包一次性使用的病毒防护衣,包括手套,口罩和帽子,这个复制品应该开始到外面去了,呼吸新鲜空气。我必须吗?真的?她打开衣服包,展开披肩,给我套在我的开襟病号服上,我现在就穿起了深绿色的教士长袍。她帮我戴上了口罩,把防病毒帽子戴到我头上,帮我戴手套,不是乳胶手套,不是,她带来了白色布料手套。我应该到另一个星球上,我将成为医院里时髦的人和宇航员,包装好,潜入另外一个星球的温暖空气中,下面的什么地方,整个楼层都在我们下边。

我的马车,我的滑翔机也来了。理疗师推着轮椅进屋,一个有黑色辐条轮的怪物,看上去就像摩托车的轮子,可以调整靠背斜度的机关使人觉得如量身定做。这个轮椅应该是战前的轮椅,国防军的士兵应该在上面坐过,被推过战地医院。它是不是不久前在一个被封闭了几十年的地洞中被发现的,或者是因缺乏经费被关闭的博物馆的东西?我坐在交通工具上,维持生命的袋子,还有透明的袋子,收集从我身体里滴出来的液体,一个差不多是黑的,另一个是赭色,女护士把它们放在我的坐位和靠背之间。我得小心,别挤破了它们。

140

我不由自主地想到了一位中学女同学，他父亲卖轮椅、拐杖和假肢，他们称他的店为医疗用品专业店。有时上完最后一节课之后我到她家去，他父母这个时候从不在家，他们两个都在店里忙，父亲在医疗品店，母亲在内衣店里。我们通常躺在她的床上，吃比萨饼，听唱片。她的唱片很多，长曲唱片，胶木唱片，之后还有光盘，自己买的，她的零花钱很多，每个星期都要买进三四张新的。在并不太大的院子里，她父亲让人建了个人工瀑布，不仅可以遥控开关，还可以调控水量大小——我喜欢瀑布呼呼啦啦的声音，潺潺水声不断，如地毯铺在下面，间或也响过其他杂声。有时，她，她叫亚历山德拉，脱下她的T恤衫，展示她带有图案的新内衣，那是她从母亲店里挑选的。她的玛雅蜜蜂胸罩我最喜欢。

141

轮椅从自动开启的门中间过去，到了4号楼的斜坡上，救护车通常停在这里，殡仪馆的车停得稍远一点。我又到下边了，贴近了空气，我活着。轮椅滚在中间大道上，在栗子树的树冠下，叶子非常绿，分别在路的两侧两行并列，形成掩映道路的穹顶,一条墨绿的通道,树干的轮环呈现出满是皱纹的图案。轮椅的轮子不时压过某个鲜绿的、弹子球大小的嫩栗子上,颠簸着,果子太早落地了,被风吹下来的,它们还是软的。车轮踱过,发出不舒服的吧嗒吧嗒的声音。

女理疗师推着我路过白色油漆的靠背长凳和双球形的烟灰杂物箱,我建议她把我推远点,朝北岸南环路去,请她怎么样也要推我到运河边的小路去,是啊,为什么不直接去靠近水面的斜坡呢。她没照着做,反而要求我站起来,她有着我无法抗拒的声音,我必须按她说的做,我自己的意志到哪里去了? 她逼着我走几步,两步,三步,四步,五步,六步,七步,不可思议的距离,显然我确实是降落到了另外一个星球上,一个重力远远大于地球的星球。女理疗师拿着透明的装有我体液的塑料袋跟在后面,两根细细的管子,它们钻透了我的皮肤,形成了一根绳,她以此牵着我散步。我还是宁可坐下,我转过身的时候,轮椅已经离我很远很远了。

142

轮椅之行是一次摄影旅行,视角低得超乎寻常,让我想起一部纪录片,描述了埃里克·罗莫在摄影的场景。他坐在轮椅里手中拿着摄像机,让人对着正在对话的两位演员推着过人行道。我想,这是在为巴黎幽会摄影制作。

143

我们越过斑马线,这线看上去就像一只饥饿的动物在嚼着几根木条。一位园艺工人平稳地用一根几米长的杆子架着电动锯对着一根树枝,不到几秒钟,树就大叫起来,树枝坠落。五位身着深色制服的警察站立在眼科诊所前,防弹衣和蓬起的垫肩遮掩了他们的第二性征,再看一眼后,我才认出,他们中的一位是女的。从奥斯纳布吕克来的一辆运尸车停在路边,一辆福特车,乳白色的窗帘(玻璃后是同样乳白色的防视物),看不到棺材。夏洛蒂医院后勤服务部门的一个职员推着个三轮车过去,不是让有平衡困难的人坐的,而是运输工具,上面小小的空间放着垃圾桶,两只扫帚和铲子,放在相应的架子里。随处都有些玻璃灯罩,医院里几乎到处都是地下室,一个地下世界,又一个地下世界。一只蚂蚁在一块路砖上漫游,它忽左忽右,曲曲拐拐,追随着香味,或许就根本不知道它的目标。

144

有人来访,常有人来,这次是苏珊娜。她和女护士一起帮着我变形,我又成了宇航员和纨绔子弟,苏珊娜推轮椅。

我们绕着中间大道转了一圈，路过儿童诊所和游戏场。在韦斯特咖啡店前她把我放在阳光下，给我们买了冰激凌，我可以吃没有病菌的、厂家直销的冰激凌，这场景就像在露天浴场，只是苏珊娜没有穿三点式泳装。我还从来没有戴着白手套吃过带把的冰激凌。

苏珊娜说起她的儿子和儿子的父亲，她又想和他分手了，她已经有了自己的住房，但还犹豫是否完全搬出来。天热，热空气吹到我的开襟病号服里，我边听苏珊娜说话，边对付着我的勃起，几天来我就有这问题了，自从我在上面被推来推去，楼上在床里，楼下在这里，轮椅是我勃起的家具，我有了个柱子，硬得疼的柱子，很疼。我觉得自己像个伸长了下身触角的甲壳虫，感觉上就像我的小家伙要重新感触世界，似乎我的这个躯体，这个可怜的戴着防病菌帽的家伙就没别的问题了。

苏珊娜还在说着，把轮椅推到了院子比较隐蔽的地方，去隔离室的方向。我突然想起来，我们几年前在她家里的门道里干过，夜里，她那时已经怀孕，只是没有告诉我，另外一次是在麦克西城区一座高楼十七层楼道阳台上，门开着，可以看到老吕巴斯区。她坐在椅子上，面对着我，我在考虑，是否该把我的睡衣撩高点，告诉他我勃起的问题，这个，我知道，有病理学上的原因：新的肝已成功地排除我血液里的雌性激素，所以我的睾丸激素格外高，我有点儿昏头了，因为我突然看着正在吃冰、讲述着她冗长的分离打算的苏珊娜在舔我的那家伙，她朝我防菌服里面抓着，把它捞出来，舔着，吸吮，咬着，直到我们最后相互亲吻。

之后她推我回去。

145

我的临床。他轻轻的鼾声听着让人安心。

146

你又坐在我的床上，今天穿着血红色的毛衣。我看不出你有多大年纪，我不知道你叫什么，你坐在半暗之中，失去了轮廓，你可能十七，三十七或者四十四岁，我可看不见你的面孔，看上去如此模糊，似乎被画糊了，或被弄得不能辨认。我甚至不知道你生前是男的还是女的，你在什么地方生活过，直到前几天。我只知道你现在在哪里，就在这里，在我身边，此外我什么也不知道，根本不知道，不认得你的头发的颜色，也不知道你的味道，你，一位女士，如果我想像对的话，钱包里装着器官捐献证，十八岁的女士，没戴头盔从小摩托车上摔下来，一位年轻的母亲，游泳时不幸遇难，年长的女士脑溢血，也许你是一位沮丧的老年男人，看电视成瘾，其貌不扬，肥胖，而且恶毒。现在，我也将如此。

147

我感觉不到我的肝。肝上没有神经细胞，肝周围也没有。但我能够感觉到你，你就在那里。我们素不相识，但又相知，我做你的梦，你把梦的因子带来了。

那么，我们现在就是亲戚了？你是侄儿，婶婶，身体组织——表姐妹？你是我曾经有过关系，但无人知晓此事的护士？你是新娘和献给亲哥的妹妹[①]，盛开着魏松根人血脉之花？

从病历档案中我获知，我的肝是欧洲器官移植中心提供的，因此我知道，你，尽管我有时候听到你说西班牙语，基本不可能是西班牙人。西班牙只在本国分配捐献器官，欧洲器官移植中心是在莱顿的一个基金会，分配来自荷比卢三国、德国、奥地利、斯洛文尼亚和克罗地亚的器官。所以，你可能来自奥地利，和我父亲一样，在上奥地利什么地方或是布尔根兰地区开车撞到了树上或是岩石上，你也可能是在比利时、在荷兰或是卢森堡死去的。

欧洲器官移植中心相信，我们相互适合。中心认为，我们应该在一起试试，你和我，你是我的搭档，同一个血型，Rh

---

① 借自瓦格纳歌剧《女武神》中传说中魏松根部落的孪生兄妹齐格蒙和妹妹齐格琳德危难中相识相爱的场景。

血型阴性。我们找到了我们自己。曾经相互错过,但现在在一起了。还将生活一段,你通过我,我通过你。

148

关于你,我什么都不知道,我根本就不知道。但是,你令我想念,你让我想得发疯。

149

不管怎么样,我知道你死亡的时间,我知道你的忌日,就是手术的那一天。此前,来电话之前,我常常想:你还在欧洲的什么地方奔波着,坐在汽车里或是电影院里,看某部电影,骑自行车,躺在一个露天浴场的草地上,读一本书或者只是在书里随便翻一翻,吃撒着甜颗粒的糕点,意大利面条或者酸菜肉排。可是,你不知道,你马上就要死去。

150

一个年轻护理员把午饭送进屋来。今天没有意大利面条,没有酸菜肉排,也没有撒着甜颗粒的糕点。一份什么汤,煮得很烂。

我体重越来越轻。水从体内流出，都是我这些年里拖来拖去的腹水，出去了。食道里的静脉瘤，它几乎要了我的命，萎缩了，血液流经新的肝脏，回流不再受阻，入口压力不再过强，我不需要再去接受血管结扎了，下一个看医生的预约已被取消。

指标好起来，氨含量下降，世界换了面貌，面具打开了？我躺在这里的这个房间不是很漂亮吗？太阳照着，树在窗前，而且，是真的：我真是太幸运了，我还活着，中了头彩了，大奖，我只有好日子了，新生，新的生命。

151

一位善良的仙女来过，她说，我还可以待几天。不，她没有来，她打过电话，下午早些时候，我坐在写字桌旁，她说：你此刻本应该死了，我们仙女们决定，还要再和你一起试试，你可以活着了，如果你……可惜我没明白条件是什么，通话质量太差。

152

而你呢，器官，你现在真就是我的了？一个被移植的器官该属于谁呢？是捐赠给我了，还是仍然属于欧洲器官移植中心，属于医院或者医疗保险公司？是不是，我只可以保管你,供给你,使你血液循环?是不是,可能有一天信箱里来封信,我不得不读到:瓦先生,我们希望要回我们的肝脏,请您在指定的那天到医院来一趟,我们找到了一个更好的候选人,一个更配得上她的,对她呵护得好,因她而更有出息的?

当然,这都是些恐惧。

我当然也能把你再给出去。捐赠。如果我现在死了,你,我亲爱的借来的肝,就可以被手术取出来,继续移植。有过这样的事,B对我说,一个器官被移植了多次,塔拉,塔拉,你要漫游,从一个到另一个。①

153

读到关于一个美国案例的报道,我很不爽:一个病人,十五岁,在接受两次肝移植之后,不想配合了。他忍受不了疼痛,不想活下去了,停服免疫抑制药,拒绝服药,为此,医生让警察把他带走,为拯救器官发出的强制性医嘱,因为,医生们坚信,器官是医院的财产。但法院还是判决,要释放这个男孩,因为,鉴定认为,他已足够成熟,可以决定是活下去或者死去。关于移植的器官的归属问题,没有得到澄清。男孩还在家中活了几周,之后死去。器官也一起死去。

---

① 德国儿童游戏,其间孩子们围在一起,传递硬币或其他东西,边传边唱"塔拉,塔拉,你须漫游,从一只手到另一只手……"。

154

我向B讲述了我想像中和女捐赠人的见面。我梦到她。我想像她是芬兰女人或奥地利女人。我胡想着一个欧洲的爱情故事,就是因为我什么都不知道。

于是,他向我介绍,移植医学诞生初期医生们对捐赠者的名字和数据很慷慨。居然最初有捐赠人的照片,复制后贴在接受器官者照片旁边。为什么接受者和家属不能相互联系呢,他们想。一方可以表达感谢,另外一方可以得到安慰。是的,也许早期的器官移植外科医生对此没有多想。

其实,可以很容易描述会发生什么,如果一个接受器官者敲一家人的门,说:您早,我想对您死去丈夫的心脏表示感谢。您已经得到他的心脏了,遗孀说,您还想要什么?他的房子?他的钱?他余下的生命?还要上我?我不原谅您,不能原谅您活下来了,母狮在这样怒吼。

另外一方面问:如果医院病房的门开了,你的丈夫突然站在我的床边,我会很兴奋吗?你的母亲,你哭泣的孩子,你兄弟,你的恋人?他们希望我怎么样?我可以,或者,我必须告诉他们,你还存在,在我身体里继续活着?我难道真高兴收到一个人的信,他向我述说,他新的生命因我死去的妻子的心脏、肺或者肝脏是多么美好?

最好不。

155

窗户前的树摇着它的树枝。向我招手吗?要我过去?

156

我也可能不是和你一起的,是和另外一位,那是个冬天的夜晚,快凌晨四点时,有人打电话给我,而我不愿意,因为不想吵醒孩子。那是星期五到星期六的夜里,街道结了冰,我猜想,是一场严重的交通事故。

157

现在,还有多久?今后几天?一年?四年、五年?七年?十年?十二年?当然,我们不该一开始就这么贪婪。时间在走,时间就这么起步了。

158

我醒来,突然不知道,这些是否发生过。我还在等待手术呢，还是已经做完？我右手平放在胸腔上，朝肚脐方向推移，手开始朝着未知探险，它不知道等待它的是什么，朝肚脐赤道运动，探索前进，由小拇指和无名指组成的先锋部队很快就到了隆起山脉的延伸地带，差不多在胸骨下鼓起来，手指尖探测到，隆起的地带在肚脐前分叉，奇特的方阵，我想，我肚子上绵延着两条喀尔巴阡山脉。这时，我知道，事情的确发生过。

159

深夜里，我母亲在床边干什么？她不是早就去世了吗，尽管我有时会忘记？不对，坐在那里的根本不是我母亲，应该是外貌有些像她的一位女演员，她看上去像我母亲四分之一个世纪前的长相，就凭这一点，她也不是我母亲。否则，她就一点儿也没老。女人坐在那里，发现我醒了，问了声早安，我感觉如何，我很好，没有什么可抱怨的，您呢？

160

墙里的门开着关着。我的母亲，我的祖父，吕贝卡，还有其他死去的看进来。他们怎么知道我在这里呢？他们怎么知道，我还活着？

白天的时候他们没人进那个门，白天他们就不存在，门只有夜里开。

有一次我起来，想自己从那门里走过，后面却还有三道门，当我打开左侧门之后，还有三道门，打开左侧门后，仍还有三道门，继续不断。我怎么过去，又如何回来？

161

我父亲来过吗？是他把电视机搬到医院来的吗？我又回到了十二岁、十三岁，看到了宇航船爆炸？不是他应该躺在这里吗，老，病，弱，而我健康地站在他的床边，祝他一切安好吗？为什么是我躺在这里，而不是他，我们必须交换角色？我只是不太愿意承认，但他健康的样子让我生气。

他的手表在床头柜上，应该花了九十马克，1955年，这表有两个故事。第一个故事里，它是他的坚信礼表，是他的教父送给他的。另一个故事里，经济奇迹的故事，这表是他用自己赚的第一笔钱买的——好像他夏天在一个建筑工地上干了四个星期，抬石头，头一天干活时，晚上就累瘫了，以至于他都不能走路了。

八十年代中期，他不再戴手表了，这个表有时走得有点儿慢，对我，这没什么关系。表针是否能够扛得住地球引力越过12点，是与我手臂的姿势有关，在另外一侧，就常常掉下去，那样，时间看上去在加速。

162

一个男孩突然在屋里，半夜里，我根本就不认识这孩子，尽管他叫我爸爸。什么时候我有个儿子？他为什么半夜里来看我？他不是该睡觉吗？我们生的这孩子吗？不见他妈妈踪影。

163

我醒来，非常高兴，我还存在着。我真是高兴，好像压根儿就没指望着，还能如此存在，我高兴疯了。就仅仅因为我还活着？我知道这早晨的快乐，女儿有时就这样醒来，她笑着，高兴自己在那里。她当然可以高兴，她在这个世界上还没有多长时间。

我从床上辗转地下来，手里拎着液袋，脱下晨衣，晃悠着走到走廊。母亲活着一定会说，把脚抬起来，可我还是拖着步子走到备餐车旁，上面放着保温壶，我取了一个杯子，其实是无柄的杯子，给自己倒了咖啡。这里的咖啡味道并不差，对我来说甚至可以说很好，每天早晨都更好一些，——略酸，浓度不大——关于医院咖啡不好喝的说法，是不准确的。我常常在晚上，入睡之前就想着第二天早晨喝到的第一口咖啡，有时想像的快乐之大，甚至让我无法入睡。

从备餐车回房的路上我端着咖啡杯，就像牧师端着晚餐的圣餐杯。我感觉太好了，尽管我仅仅是喝了一小口，免得在回房间的路上洒出来，但我已经充满了咖啡热情，咖啡是有魔力的饮料，使我变形，充满激情。此刻，我想开始写这封信，突然间要写感谢信，我一下子觉得写一封信十分简单，犹如信自己写出来，你当然知道，你要向亲爱的亲戚们说什么，我只需为你拿着笔，之后你就写你想写的。在我房间里我坐到了我的床上，打开方格笔记本，把墨水笔，这是一支新的墨水笔，一支我在离医院主门不远的文具店里买的笔，放在纸上——可是什么也没发生。你还是已经死了，不能再写了？或者，你不想，我不再想了？我又喝了口咖啡，但咖啡激情，消失了。

164

所有躺在这里的，都疯狂地要讲述自己的故事，对我瞎说他们的什么命运。他们说啊，说啊，没有逗号和句号，可我却听不到你说一句话。

165

突然我明白了，你或许——我居然根本就没朝这方面想过——也在其他人身体中继续活着。我最亲爱的，我并没独有你，唯我一人独自有你，我猜想，我必须和其他器官接受者分享你，我有器官移植姐妹兄弟，但不知道他们在何方。

我们五到六位接受者可以是朋友，心脏、肺、两个肾、胰腺和我，肝脏，我们可以相遇，但不相识，怎么能够呢。我们可能在同一时间出现在同一地点，同一场音乐会，同一艘船，同一架飞机，我们也许一同坠落或者作为唯一幸存者被漂到一座岛上——但是，我已经知道那些故事，我看过电视剧《迷失》的所有章节，并且也重新读了《鲁滨孙漂流记》，多么有趣的书啊！

我们也可能，就像被看不见的手领着，在什么地方被关在一起，两位分别获得一只肾的女人，一位获得一片肺叶的男子，得到肝的我，得到胰腺的儿童和胸腔内跳动着心脏的五十四岁艺术史家，一步一步地发现，是什么把我们连接在一起。偶然地——这里却不能也不许有偶然出现——我们都在同一个索道吊筐里，它在深渊上停住了，偶然地我们困在同一个机场的电梯里，要相互容忍几个小时，当然，当然，还有地狱，这是其他人，看戏的人都知道。

我们的人生之旅或许在此之前就曾经相遇过，在度假房里，在足球赛时，在渡船上，在家庭休假村，还有，这该是本很棒的通俗小说：如果我们在移植后有了其他的记忆，另一个过去，如果我们不得不看到，我们突然知道的秘密，知道了藏赃物的地点，通缉者的藏身之处，谜语的答案，是的，一下子被追赶，全世界地追，因为其他人要知道我们的新知。

或者，还有另外一个场景，两三位器官移植兄弟姐妹在同一家康复中心相遇，这不是不可能的，甚至可以发生。手术日期可以泄露秘密的连接。

166

隔壁床那位，我已经很长时间没注意到他了，我此时能很好地做到这一点，开始讲足球。我们聊即将开赛的新一轮足球联赛。赫塔，拜仁，沙尔克，俱乐部。还有当前现世呢，我有时竟忘了。我们交流着一些标准句子，足球谈话单元，预制好的，可以交换，多少年来都一样，只是名字在变。

167

我坐在窗户边，往下看。一个金发女郎走过，黑色裤袜，浅色的大衣敞开着，短裙，头发在脑后梳起来，戴着白色的耳机。我问自己,接着一个反应:你是否长得这样？一步,一步,再一步。我跟着她看,也许她感觉到了,她被观察,她行动中的一个小小的改变暗示出来,她稍许把头往一侧转了一下,看了看周围,走过了马路。

我至今不明白,人以什么方式感觉到被观察,而且是从一个他视线之外的方向。有直觉雷达吗?一个观察粒子感应器？我如果可以给她发个信息的话,我会给这位身着夏日大衣的女士发这样的信息:她走路的样子很美,我非常喜欢,她金黄色的头发高高照耀到我的窗户。她在街角拐弯,看不见了。

你戴耳机吗？当你骑车在繁忙的大街上,是在听什么歌曲？你最喜欢听的百首曲子是什么？我的热歌是从你那里传来的?

168

也许是一位卡车司机没注意。尽管看了后视镜,但没有看见你,你骑车进入了死角。你是想继续往前吗？卡车拐弯了吗？而你,如往常一样没戴头盔？头盔有用吗？你失去了知觉,而且再也没醒过来？你包里装着器官捐献证,在你钱包里,在你所有的借书证,护照照片,收银票据和购物券之间？你在路上,去准备礼物,买一本书给你姐姐？你是不是没有系安全带?你是不是从汽车挡风玻璃撞飞出去了?你坐的汽车里没有安全气囊吗?汽车翻了三次?四次?

169

我又想起了韩雅和我们的交通事故,几年前的事了,我看着,我们两个如何从破碎的侧窗玻璃间爬出汽车,然后四肢着地爬过鹅卵石上的玻璃碎片。挡风玻璃和其他窗户碎成了小玻璃块,冰糖块,在月光和路灯光中闪烁。

我打电话给她,说服她和我去国家剧院,《狄多与埃涅阿斯》,到地下世界去一次。并不是我非要看这场歌剧,我想看到韩雅。演出期间我们坐在一起,靠得很近,我们的膝盖碰到一起,剧场休息时的聊天,吧啦,吧啦,吧啦。我们还在托尔街附近的一个临时的,早已不存在的酒吧里喝东西,然后我们上了回家的路。我们开着她差不多崭新的法国标致,从图霍尔斯基大街出来,驶过施普雷河,我还在欣赏宽广的美景,看着博德博物馆,后面的电视塔,她的轮廓,此刻,在艾伯特桥上的交义路口,另外一辆车撞到我们。在我这一侧,副驾驶座。一辆救护车把我们送进了夏洛蒂医院,韩雅除吓了一跳外,没有什么,我可是不能行走了,我的坐骨碎裂的。

就在撞车之前她对我说,几天前她在意大利生活的男朋友给的戒指掉到马桶里去了。事故之后她每天都到我这里来，买东西，做饭，之后就留了下来。只是性事很复杂，我几乎不能动。

我那时就有器官捐献证了吗？如果我在这事故的夜里死了，会响起两三个电话吗？肯定。我已经知道，某一天会这样的，某一天我必须上名单。

170

康复期，我痊愈。我睡觉，我吃饭，我有人来看，活人和死人。我坐在窗前，听到笛子声。笛子？谁在医院里吹长笛？

我也曾吹过长笛，很久以前，我甚至有一把长笛，银制的，我总是想卖掉它，但无法和它分离。我记得，我曾在我母亲的葬礼上吹奏过，我的父亲之前说，这是她的愿望。我走到前面，乐谱架已在那里，乐谱被打开，被金属夹子夹住，我移动了一下谱架，调整音高，拧紧塞头，把笛子贴近下唇，把手指头放在音键上，开始。我不知道吹的什么曲子，我练习册里的一首练习曲，我长练的一首简单曲子，关键不是演奏的技艺，而是吹笛子的主意，我还在想，比起笛子来我更喜欢学吹小号，也许打击乐，但在笛子系列课之后不知是什么原因——或许是母亲说服了我？——从长笛开始，也就一直这样了。我就这么吹着，自己听着自己，看着自己站在这五十年代的送别大厅里，盯着地上拼砖之间的缝隙，缝隙构成复杂的图案，字符，我无法辨认。我吹的那首曲子，本来是可以背出来的，原本不需要谱架，但我还是吹错了，因为我在前奏时觉得，看到母亲在葬礼人群之中，好像她就坐在所有我不认识的人之间，认真听着，就像她在音乐学校音乐会上认真听着一样，我觉得她从那边，从很远的上边往下看着我。我根本没想到，她就从我身边的棺材里看着我或是认真听着，从紧靠这谱架右边的棺材里，因为，这棺材里躺着的，我看到过尸体，和她没有关系，这是个布娃娃，一个不逼真的，像蜡一样的布娃娃，只是造出来，一边里面得躺着什么。

从那之后，我父亲觉得很奇怪，我为什么不想再练习长笛，而且，很快也不上课了。可我原本喜欢在学校乐队演出的。

171

你的葬礼怎么样？刚过去还没有多久呢。很抱歉，我没参加。

172

在母亲去世后的几个月里，我经常声称，我要去医生那里看病，请假，去墓地，在墓前站会儿，浇浇花，拔掉野草，捡起落在临时的木制十字架旁的树叶。我还是不明白，就根本谈不上理解，我母亲不久前还在医院里躺着，现在竟然要躺在这阴暗的土地里。不，母亲在其他地方。

173

我听说，一些接受器官移植的人去墓地，找一个墓，随便一个他们喜欢的墓，一个在漂亮石头上刻着很好听名字的墓，在那里放鲜花。或者就坐在那里。是的，也许我也这么做。我找一个死者。我只需走过湖街，对面是一个大公墓。

我和尤莉娅很喜欢去墓地，我们一起去过柏林的很多墓地。在斯丹斯多夫的西南教堂墓地，荣军墓，南斯泰恩区的公墓，在勋伯格岛上，在白湖区，在腓特烈树林公园后破败的墓地。她总有新发现，我想，她收集墓地。

174

我三点钟在走廊尽头有个约会，所以，我差半小时就从床上撑下来。我知道，我慢。我穿上一件新的防病毒衣服，戴上帽子，套上白手套，戴上口罩，差一刻时离开房间。啊，医院的走廊，你就是我的繁华大道。我蹑手蹑脚地走着，任何一个乌龟都走得更快，走过那辆上面放着咖啡杯、茶杯和牛奶杯的车，还有午餐剩下来的餐后甜点，一堆黄色的塑料围巾，干瘪的平面如老的皮肤。我慢慢走过放消防器的地方，走过有秤的地方，护士办公室门口，坐着护士的玻璃箱，就像是接待处，或许这里就是我山里的疗养饭店，我的疗养所在六层。我在拐角处拐弯，还只有四十米，最多五十米就到走廊尽头，可是，走廊怎么变长了，我想像着。约会是要我一直走到底，可惜我不是在幽会，而是简简单单地做医疗健身，根本就没有必要想，戴着口鼻罩是否有利于亲吻。

几把椅子摆成圆形，已有五个人坐在那里了，一个男子带着便携式氧气，房间里空气污浊，但是，窗户开着就有风吹过，穿堂风不好，所以经过短暂讨论又把窗户关上。有的病人和我一样戴着口罩，透过薄片呼吸，我很难受，很热，但必须运动，女理疗师这么说，二十岁，也许二十二岁，她刚刚透露，这是她第一次引领做运动。我们要坐着抬右腿，在旋转。我们要坐着伸腿，我们要起来，先转右腿，再转左腿。我们要转双臂。一位女病人，约有七十岁的女士，差不多我母亲的岁数，没有扣好她的睡衣。我并不想，我只是没有很快地闭上眼睛，我看到，她的身体剩下的没多少了，几乎就没有什么了，是的，我惊讶，这么少的身体竟然还能穿睡衣。我几乎要相信，她已经是幽灵了。

175

太阳照着，我坐在敞开的窗户边，门开了，一位医生进屋来。他说，我最好避开阳光。为什么？你看，服用了免疫抑制剂后得皮肤癌的概率要高得多，比正常情况下高出一百到五百倍。那么好了——所以太阳是我的敌人。有统计显示，接受器官移植的人三分之一死于皮肤癌。我本不想知道的。在其他地方我读到过，有一半的接受器官移植者十年内皮肤里长恶性肿瘤。美好的风景，我不能再到阳光下了。我还是热。

176

我带着你和我走来走去，我知道你在我身里，我一直有你在。偶尔我也吃惊，我竟然有时有半个小时没想到你。然后我又立即想到：好啊，我现在不再是一个人了，再也不是，我总有你在为我这里，放进去了，钉上了，长到一起了，你是我的一部分。

听上去我是开悟者，不太虔诚的人不是也这样说他们的耶稣，而他被认为总在他们身边吗？

我突然想到，女儿也曾扮演了这个角色——她刚出生时，以及此后很长时间。最初几个月里，每个时刻，每个念头都是有关孩子的时刻和孩子的念头。后来，当她进了幼儿园，我也偶尔有一个小时或是更长时间没想她。

177

隔壁房间的七岁，快八岁的侄女来访。听说我换得一副新肝，她问，给我肝的人叫什么。我也想知道，我说，但我不知道。他现在什么？他有你的吗？他有你的肝吗？

我喜欢这个想法，器官移植完成过程像是互赠礼物，一个器官换另一个。我还是不要向这个女孩解释，我的肝坏成什么样了，我不想对她说，我的肝不能再给任何人了，没有人和它在一起能幸福。

可是，你的肝在什么地方？这女孩坚持，想知道得更详细些。于是我说：没人想要它。它被切开，研究，然后可能被处理掉了。我说被处理掉，想到的是被扔掉，也许它和医院其他垃圾一起被焚烧了，医院有自己的垃圾焚烧设备，它应该有。

女孩子这一问，我才开始想我自己的，原本的，第一个肝。三十四，三十五，差不多三十六年我带着它东奔西走，到处去，它也这么多年为我很好工作。可是现在，我竟不再想它？

此前想过。此前我想在手术后一定要看看它，把它拿起来，存放起来，也许埋葬，埋了。可是它到病理室了，我就没有再问起它。我想你吗，我那块旧肉？

B说，它看上去像一块大一点的、干瘪的土豆。我不想再知道。

178

有一个关于一位心脏移植病人的故事，他听到他自己的，老的，原本的心脏每天夜里在他病床下边跳动。或者，觉得听到跳动。他非常害怕他的老心脏，以至于不想再上床睡觉，再躺下。一躺下，他就想起来，到床下边找，他的心脏是否在那里跳动，他听到它在跳动。最终，他搬到活动室里去了，在那里睡到沙发里。

他是否读过埃德加·爱伦·坡的《告密的心》？我很感欣慰，我只是偶尔听到鸭子叫，我弄不明白它的呱呱叫。

179

什么是器官？从一个人身上切开取出，又植入另外一个人的东西叫什么？很早的定义出自托马斯·阿奎那，他区分了器官和工具。工具，如一把切肉刀是独立于某个灵魂而存在，一个统一的与合乎规矩的器官，它只对一个灵魂有益。

《哲学历史词典》第六卷，关键词“器官”中就这么说。我现在就是在医院里也可以在手机上查到这些。

把一个移植的器官转变为阿奎那式的工具，不仅是被一个灵魂，而是先后多个灵魂——或者免疫系统使用，就得智胜它。用免疫抑制剂，我天天早、中、晚服用，就是获胜之道，那些不好吃的胶囊。

器官独立，但又相互依赖。它们不能单独和自立，但又有自己的生命，又完全在组织中生存。它们的生命，vita propia[①]只不过是借来的，所以，谢林说，器官是个体，但其个体性只有在依赖或者与整体组织的关联中出现。器官离开组织就将死亡；组织也会死亡。道理很简单：我死无肝，肝死无我。

因此，我感觉的这个我具有的生命是多个器官的组合。所有活着的从不是单数，而总是复数出现。生命是不同器官的混合聚会，共同体的实践，一场音乐会，每个器官在其中都有生命的乐趣。[②]

180

夜里，窗户开着，我听到外面有海洋的声音，树冠声中的

---

① 拉丁语：自己的生命。

② 见 Karin Solhdju：《有趣的环境。或者：幸存器官的实验结构》，维也纳，2010。——原注

波涛汹涌。

181

边翻阅报纸,我边把一个印在讣告上侧的女人照片撕下来。我读到,她上个星期死亡。我觉得,因为我知道她死了,她像是从画之外在看着我。

182

我和父亲最后一次在母亲那里,是个星期天,我带着照相机,很重的单反镜头相机,金属机身,美能达SRT101。我从外面拍摄医院,路面铺的石头,停车场上的白线,但医院门把手和医院走廊我也拍,就是妈妈我不拍,我不想拍。两张蒙蒙细雨中的模糊的缺乏对比度的医院门面照片,我可以数到她的房间,那是第四还是第五层。

她躺在一张羊毛毡上,因为躺这上面舒服一点儿,这个抗癌疗养院这么说。不过那会儿,这个癌的词我还不认识。我还知道,他们让我对她说点什么,但我不知道说些什么,从何说起,我已经说了些什么。从周一到周五,我去学校,有时候,周六,每两周一次,也要上课,可能还有考试,德语听写,拉丁语作业。下午我做作业,之前或者之后看一两个片子,在楼下客厅,一些跟同学借的片子或夜里用录像机定时录的。录像机还很新,可以用它在家看电影,如果喜欢,可以不依赖电视节目,可以不依赖那三个台,下午反正也不放什么好看的。以前我好像还练练笛子,或者去城里,去市图书馆,谁知道,晚上要读点儿什么,还是就看看电视,或者新的休闲活动,在电脑上玩,在妈妈的书房,她不用,再也不会用它了。关于电脑游戏,我把程序从一个目录上费劲地打字抄录下来,存在了录音带里,以及暗地里玩电脑的时间,我最好还是不跟她说。因为我知道她会把这看作是浪费时间。也许我会对她说,星期一,差不多每个星期一,我会在学校的摄影室,在那儿冲洗照片,也就是说,我印了照片,黑白的,灰色,光圈和曝光我还不懂。也许我会给她看我的反摄影,在柏油地上的裂纹,一个干了的小水洼,一个黏土画,一块水面,总是近镜头,但我不去看妈妈。我不看,也不想看,她身体多糟糕,我不接受,也不愿接受这是告别。我十二岁,快十三了,还没有一次真的想到她会死的——我只是理论上,也只是在理论上知道,她的病是没救的。

现在她躺在这儿,至少夜晚是这样。这样真正的死,从没有过。母亲们在,永远在。

183

在她死之前一年，化疗之后，她想，她的病过去了，妈妈开始改建房子。在一楼，她先把厨房和饭厅打开，让音乐室和起居室连成一间，让面向院子的窗户开大，把花坛窗台的低低的矮墙打掉，装上了落地的全景窗。我喜欢建筑工人用气锤和榔头到处砸。我们的房子要更宽更大更开放，妈妈门都不想要了，全漆成白色的。工程队来，她就起来。

184

她死的那天，是星期一，我从学校回家，准备和她讲点儿什么。突然我想告诉她什么，她应该知道的。我拨她医院的号码，号码我记熟了，因为上个星期我经常用我们的转盘拨号电话往她医院打电话，听到空号，然后一个陌生的声音说，我妈妈转到另一个房间去了。至少问询处这么说。

那块羊毛毯，我爸爸把它拿回家了。我完全不知道，后来为什么放到了我房间的地上，有时候在床上。

女儿的童车上，有一块绵羊毛毯。

185

访客，今天特别多，一定是个星期一，七点刚过就来病房，医生叫醒我，他们带来了三个女学生。我搓着睡眼，看到白裤子白大褂下的露出的鞋，一小块私人生活：两个女生穿着室内球鞋，另一个，金发，穿着粉色的芭蕾鞋，病房的医生穿皮鞋，似乎甚至还是手缝的，一个女医生穿着勃肯拖鞋，那主治医师，我不敢相信我的眼睛，穿着白色的套头皮鞋站在那儿。我禁不住盯着这双白皮鞋看。嗨，您是鲁尔夫·艾登？给我动手术的人就穿这样的鞋？

后来，我又可以走到秤那儿，我注意到我隔壁床病友们穿的室内鞋：拖鞋，丁字拖鞋，全橡胶带透气孔的鞋，跑步鞋。只是没有看见保暖高帮鞋。

186

在母亲死前的两三个月，她最好的朋友把自己和七岁的儿子杀了，一个女人，自己说叫路特，尽管她的父母在还是大德国时期的1942年决定以格特鲁德为姓。她住的房子，是在原先的一个老别墅地基上改建的，是座多少有点儿炫富的新建筑风格的房子，算是我们的邻居，水泥的围墙，把前院和路边行人道隔开。她开着她的红色雷诺R4进车库,让马达开着,关上从车库到房子的门,也把车库的门关上了,油加满了。被发现时,马达还在转着——可是也许根本不对,不知何时马达也会因没有氧气烧坏,马达最后会自动停下。她的儿子阿隆·本杰明,只是一个犹太人的名字,还远不够达到补偿标准,扣紧了安全带坐在后排的儿童车座上。

在另外的一辆R4上,她曾经和我的母亲开到了喀布尔,可能是1975年还是1976年,我当时在外婆家。这个女人,自己有一个诊所,难道就没有比把自己和孩子都杀了更好的选择?用这种方式?政治上毫无希望,写在她的遗言里,她担心纳粹会重新掌权,美国会开始一场核战争,核电站会辐射地球,森林被毁,环境破坏,等等,她看不到未来。慷慨激昂的胡扯。

她把安眠药放进了她的儿子的饭里,让他坐在车里,带着他来回开着车晃,直到他睡着,然后自己吃了安眠药,喝足了水,最后开进了拱形顶的双车库,她丈夫在那儿挂着帆板,车库的门她是用遥控锁的,她把一个床垫堵住通风口,把窗户扣下,让马达开着。

是否真是承受所有的政治经济的绝望,还是事实上她的丈夫外面早就有了一个女朋友,想离开她?无论如何,从那以后,我到处看到新建车库贴着黄色字条,写着“注意,关掉马达!窒息危险!”。

187

安眠药在医院很容易给也很容易吃下,晚安!我每天晚上会要一颗,但不一定服下,而是和别的一起放在床头柜里。这当然是严格禁止的。

188

有一次我半夜醒来,我很快乐。我自己都惊讶,我有多快乐。我突然又明白了:外边还有那么多的存在。有一个孩子,她还需要我几年,还有那么多要看的,要做的,要读的,还有那么多要去生活的。不是都在那儿吗?不要等着所有的都做过,都做了,都占了,都完成了?几个小时之后,第二天早餐后,高昂的情绪消逝了。上午是最糟糕的。点滴挂着,滴着。我听不见它,我只看到它滴。那个挂瓶子的架子,(也)叫绞架。

189

我又无法从床到浴室,小小的回落。那个最友好的、也最漂亮的女护士,洗我的后背,用一块暖暖的小毛巾,在盆里浸很多次水，水里滴了几滴洗浴液，我很长时间不能淋浴。不只是因为我到不了浴室，还因为肚子上拱起的这一块，医生缝了一块巨大的疤，还挂着从肚子里出来的塑料管子。

190

没那么糟糕，以前我也很长时间不洗澡。在勋伯格区的房子里没有洗澡间，还有，在这些房子里，屋内的厕所也不是理所当然都有的。我在厨房的水盆边上，用一块毛巾在一个小的塑料盆里洗，之后我再把盆收进厨房的储藏间。开始，我一星期去游泳两次，后来越来越少，最后就根本不去了，因为那些老头老太们烦人，他们或毫不顾忌或看不见或不顾忌又看不见地在太热的水里破浪前行。也许我只是太懒于早上早起，去游泳池，然后再回来，马上去大学。而从游泳池出来，直接去大学，我也不想——我不想一整天背了一包湿衣服在城里转来转去。有人问我，在一个没有洗澡间，没有淋浴，没有浴盆的房间里怎么过的——来自西德的朋友经常提出这样问题，他们像我以前一样，惯坏了，他们不能想像没有洗澡间没有中心供暖的日子——，我就说去游泳池，尽管已经很久没去了。

偶尔我去别人的地方洗，我去外面洗，我那时把这叫作去洗外浴，不知什么时候，吕贝卡的一个女朋友知道了我住处的情况，她请我去她家，在她家洗澡。她住在阿普斯特-堡鲁斯街的一套一间半房子里，没有中心供暖，但在厨房有一个淋浴隔间。我们在厨房坐了很久，桌上摆了蛋糕和葡萄，我不记得我们聊了些什么，估计不会是关于艰难的吕贝卡故事。不知何时，快晚上了，她站起来，问我想不想冲个澡，说，我去卧室，听上去有点儿像是说我先去卧室，不过也可能我听错。我脱了衣服，站在她的淋浴隔间里，拧开水龙头，用她放在架子上的香波洗头发，绿色的潇马牌香波。当我进卧室的时候，电视开着，她半裸着躺在她的双人床上，放葡萄的碗搁在枕头边，葡萄串差不多只剩柄，葡萄摘下来了，小小的一点浅绿色的果肉残留在上面。她又拽下一颗，放到嘴里，她的动作让我想起私人电视台里老重复放的老德语色情片的情景。我想笑，但我注意到，她是认真的。

191

刚洗完，我穿上一件干净的宽袖衣，又想起来了，从窗口跳下去。下面这么深，窗户也开得足够大，只要爬上窗台栏杆，——第二天就没有体温量了，还有我所有的一切都省了。

我想起玛吉塔妈妈的故事，我们认识不到半个小时，玛吉塔就讲给我听的。她妈妈在某个下午差不多五点半时让她爸爸去买东西，他只要买面包和抹面包的酱，玛吉塔自己已经早就不和父母在维也纳住了。当她父亲拿着吃的东西回来的时候，她妈妈死在了马路边的人行道上，她是从四层楼的窗户跳下来的。玛吉塔说，她妈妈让她爸爸去买东西，是想让她爸爸在她死后还有吃的东西。她一直如此周到，超过她的死。

在这一天，我很能理解玛吉塔的母亲。我什么也不喜欢，一切都让我烦。干什么呀，为什么我要躺在这儿？请不要给我新的开始，请不要继续了。我够了。

192

由此我还是得这么感激，无尽的感激。我得如此感激，再感激不过了。对感激的问题，我该感觉到：它一定非常非常之大。但这根本就不是很大的礼物的问题？它无法回报。它们使一切变得微不足道。我为什么要为我的存在表达感激？谦卑，尽管我来回地向亲爱的上帝祈求，但我从未持久。我得给你写封感谢信，不是你身后的亲戚。或者你自己给他写这封信？我把手借你。

赠与的专制，马瑟·牟斯在他那著名的书里怎么写的？赠者，通过他的赠与向受者期待一种魔幻的虔诚的权力。那么我现在属于你？

后来雅克·德里达又对赠与作重新定义。一个真正的赠与是不求回报的。如果一个完美的赠与是一个器官,回赠是不可能的。

每当我想起雅克·德里达,如果有人引他的话或提到他,我又会从我看到,我们俩,雅克·德里克和我,一次站在一起小便。那是在巴黎社会科学高等学院大道,他刚从课上出来,当时,九十年代初期,那是全世界大学生朝圣的地方,我每个星期都去。当我走进厕所的时候,他已经站在那儿,我向他致意,站在了他旁边,因为那儿只有两个小便池,我很努力地表现出我不去看他的阴茎的样子。我喜欢他的讲课,但我记得有一次,他有点儿气愤,因为他不能解释当他讲到德国唯心主义的"吐唾沫",用德文词时,教室里咯咯的笑声,在他第三次还是第四次说黑格尔吐唾沫时,有人跟他指出他该更好地说作祟①。此刻他在这儿在我旁边作祟呢。

193

还是要量体温。又是医院里新的一天,我生命中的又一天,不久该是过了一万三千天了。

我们量了体温了吗?没有,当然没有,我还睡着。每天这同样的歌,就又到了晚上,护士带来了第二天的药,放在一

① 德文"吐唾沫"spucken和"作祟"spuken两词发音相近。

个分四小格的塑料盒子里，早上，中午，晚上，夜里，每个床头柜上放一个。在这个透明的我能看到药片的小盒子上，写着我的名字，这帮助我，不忘记自己叫什么。

这空的药盒子，不是正好可以用来调水彩吗？也许不久我要开始画画，医院水彩画和医院视角：墙，树，电视机，柜子和床在地上的阴影，太阳经常画出非常美丽的图样。对，我突然有了兴趣，画窗口的树冠。我的老相识，我的老朋友，我每天都很高兴见它。这么碧绿，这么丰满，这么茂密。我画它，最好一张叶子一张叶子地画，我可有事做了。

水彩画难道不是有利于治疗吗？不用说，康复院提供的课程就有：编篮子，做陶艺，滑石雕刻和画水彩画——一朵美丽的云，树冠，再画一朵云，正好在那上面，直升机停机坪上面的天空，那么徒劳地挂着。

194

我妈妈在生病的时候画画，也许属于疗养院的治疗。她跟了很多班，画粉笔画，油画，水彩画，她还会一点儿速写，我孩提时对此印象特别深刻，她会画出反光和阴影。她画一个苹果，像真的一样，她甚至还会画马，看起来还真像马。我的马看着，现在也还是，就像一只猪，像长着长腿的猪。

另一方面，我现在还想着，妈妈的画很可怕：在桩柱上蹲着的海鸥。落日照着粉笔画的海洋。她让一个专业行装上了很贵的镜框,挂在楼梯里。她死了,我们把画取下来,放进了地下室。我父亲不多愁善感,后来把它给扔了。

我还记得她画的一只海鸥的表情,我想,她是在叙尔特岛画的。她去那儿也是住院吗?我不记得了。蹲在桩上的海鸥,眺望着大海,看上去和我外婆很像。我想,我妈妈把她自己的母亲画成了海鸥,飞来的一只鸟。

195

时间回到了这儿的空间。你现在还在唱着《帕西法尔》[①]吗?是你吗?对,时间在这儿是空间,它是这个空间。所有的都一样的长久一样的距离,突然都回来了,非常近,触手可及,我只要抓住它。

196

我注视着医院的地板和它亲切的颜色,这蓝和烟灰相间的地毡。也许这是医院的抽象艺术?这儿,如果你有足够的时间,可以长久地盯着看?这么长久,直到你每一个身体的

① 理查德·瓦格纳最后一部歌剧。

感觉都消失,只剩颜色,或颜色本身就成了身体?我没想到,我在地板上看到的纹影,在白色的墙上也都看到了。我只要两三小时盯着同一个地方看,每一个思绪每一个记忆都是立体的,可以从各个面去看,旋转,翻动,有时候,我甚至会围绕着它。

197

亚历山德拉,父亲卖医疗用品的,在土耳其淹死了,在旅馆的游泳池里,尽管她很会游泳。她的丈夫,就在池边,也没注意到。她是和两个孩子去度假的,小女儿才十一个月大。她的笑声,如此美好,我现在还能听到。我现在听着。

198

那个有一双不可思议的杏仁眼的女医生,刚离开房间,香气留在了这里。她用香水?一般女医生不用。我嗅着我的手指,希望闻到什么,这是什么香味儿,她刚才跟我握手了,可我只闻到了里弗桑消毒水味儿,浴室挤压瓶里的洗手液,我很喜欢用。我经常洗手,可能都太多了,也常用挂在浴室洗脸盆边上的消毒水,另一个挂在门边的走廊里。我走过,就会用胳膊肘压一下,让酒精流在另一只手上,搓着,就像图片上标的那样,一天消毒七八次,我的左手和有斯特里消毒水味儿的右手一样，闻着有斯特里和里弗桑消毒水味儿，我的医院香水。

199

谁有什么香味？尤莉娅还是圣罗兰的蕾维高，有时她也用香奈儿19或5号。有一个女同学，很久以前了，闻着有广藿香味儿。我还想到苏珊娜，她有三宅一生香水，那时，她每周一两次早晨来按我门铃，在门前等我，然后我在她自行车旁边走着，去运动场，跑步，十圈，有时十二圈，不怎么说话，她里边，我外边。七八圈后，我们分开了，她快，跑的时候戴着耳机。在出了汗，回来的路上，我们才说说话。她说着，她那三岁，后来四岁的儿子，做了什么，或者说到她丈夫多特别，后来是前夫，后来又接受他。或者她晨练的延续，骑车从彻尔斯教堂广场到夏洛蒂堡，去做她的治疗，尽管医生只给她多锻炼的建议并给她开些鱼油片，她每两个月就要多付一百四十欧元。这不就是昂贵的安慰剂效应吗？有一次我这样问她，谁知，她回答，这还是对我有帮助的。如果这很便宜，可能她就不做了。

在十字路口，那时柏林墙还在，一转弯就到了柏林墙公园，我们吻了一下告别，其实很怪异，我们从来不提，我们几年前的这段关系，我们一起住了几个月，还时不时在一起睡觉,当时其实她已经和她后来孩子的父亲在一起了。她的三宅一生香水放在浴室洗脸盆上面的板上。

200

透过开着的窗户,我闻到雨的味儿。光是水,闻起来不是这样的。我闻到雨,听到一只乌鸫歌唱。另一只乌鸫回应着,他们来回唱着。

201

有人跟我说起过,蚂蚁靠气味避免让别的蚂蚁把自己当成死的。蚂蚁有一种生命气息,在它们死了不久,这种气息就消失了。一个小动物,闻起来没有生命气息了,就会被专门的搬运蚂蚁抬出窝去,蚂蚁气味警察是警觉的,严格的。祛除尸体是一种卫生行为,在死了的躯体变质之前,清除掉;祛除尸体是很多昆虫王国的生活方式。据我所知,死的蚂蚁在死后一个小时后就散尽了生命的气息。

我闻着还有生命气息吗?还是我可能已经死了?护士们没闻一闻?那个杏仁眼的女医生?我的邻居?或者我现在闻着你?

我自己闻不到,孩子喜欢说:你臭。

202

我在病房里闻到玫瑰的香味，可这儿已经很久没有放花了，花会带来太多细菌。我闻到无花果，薰衣草，丁香，接骨木，椴树花，——我想在六月再闻一次椴树花香，湿湿的沙滩，吕贝卡的睡衣，暖暖的岩石，干了的苔藓，森林的地衣，香车前草，尤莉娅的头发和玫瑰，玫瑰。葬礼闻着就像玫瑰，这就是我的嗅觉幻觉。

203

饭的味道在走廊里飘着。餐盘在保暖车加热了的格子里，饭一天送来三次，护理员端进来，放在每个床头柜的抽拉板上，一个中间带圆孔的塑料罩盖在餐盘上，保持着饭菜的温度，汤碗有一个橡胶盖，我看了一下，今天又是蔬菜汤，不是清汤。

在我去拿主菜餐盘盖之前，我想像，下面放着完全不同的东西，一个大惊喜。一朵花。一本书。一段切下来的手指，一颗新鲜的心脏。

而现在？一块方形的蔬菜千层饼在盘子里，底部有配菜，一块菠菜叶斜在烤软了的面饼中间。看上去并不漂亮，菠菜让人想起海藻，我突然梦到所有吃过的主餐，罂粟面，杏仁团，和着我自己从果园摘的青苹果做的面包球，馅心丸子，香菜和火腿丁，还有我在奥地利的外婆做的其他的菜。

您填了您的餐卡了吗？护理员打断了我的梦。每天同样的问题。是的，我填了。当然。我在奶油和植物奶油中间选，在蜂蜜和果酱间选，我决定选两个小面包而不是面包切片，还有水果。一号餐，二号餐，易消化餐，还有别的选择，就像以前在大学食堂。

我可能把餐盘扔地上，也是一个回答。我很喜欢法国的午餐，好多年前，在一个交换家庭里，我的刀和肉滑下去了，牛排和盘里大部分薯条，呈高高的抛物线掉在了地上。两个孩子大笑起来，然后我们在地毯上爬来爬去，一起把我的菜捡起来。在桌下躺着的半睡的狗，先得了肉。

204

那个杏仁眼的女医生又当班了。穿了双鬼冢虎牌室内球鞋，发亮的耳环，笑着跟我握手。她不害怕碰我，但事后会消毒手。对我来说也最好这样。

205

我下去买报纸，我的邻床说着已经出了门。我希望他别待在那个不太用的电梯里，像柏林另一个医院里，一个病人在三天后才被发现。他已经开始舔在电梯地板上自己的尿了。这个男人按急救铃，敲电梯壁，喊叫，但没人听见。可不是个好的死法，在一个医院的电梯里渴死，我想。

后来，我的邻床跟我讲了，一个男人，在医院跑丢了，在五六天之后才发现他死在一个空的技术间里，他的家人在医院到处贴了带照片的条子。他只是想去抽支烟。抽烟，就是危害健康，我的邻床病友说。

206

痒，所有的都在动。夜里什么东西像蚂蚁一样爬进我身上？小时候，有一次蚂蚁从院子里爬进了我的房间。我在柜子的抽屉里放了太多的糖纸。

207

那个医学院女学生，这次查房她也在，她金色的头发半撸到后脑勺，一个木头做的红色的小三角耳坠晃荡着，她微笑着，笑走那么点小小的忐忑。我喜欢她，她像我的一个女同学丹妮拉，十年级时，她在我旁边坐了很长时间，留了一级，——不，没有留级，——她这一年退回到我们班，是让积极的父母避免留级的谦卑的一种措施，也由于同样的原因，她最终又离开了。学期中间，她来我们班，法语课周三周五七个小时坐我旁边。我无聊，开始给她写小纸条，短信，笨玩意儿，尽管当时我对法语根本不感兴趣，我还是叫她一起补课。我也不需要补课，有很多没有说出来的意图，我们下午在她家扮演补课，我，学生，她大我一岁，是老师。我骑车去，她在门口迎了我，在暗暗的饭厅，一张很大很重的橡木桌上上课。第一次，如说好的那样，四十五分钟，第二次，差不多只有半个小时。后来我们躺在她房间的地毯上——也没怎么听音乐，她总共不到四五张唱片，但这对我无所谓，手在她内裤里。我给她录磁带，把快乐分队，史密斯，坠落和扼杀者的一些歌混着录，这些歌，我猜想她从来没听过。她总是表现出特别的激动，总是在脸上露出兴奋的红晕，好像估计到她父亲会回来，我还从没有碰到过。

十年级之后，她换了学校，她在我的视线里消失了。我不知道，她现在住哪儿。

208

从我进这个房间，我第一次注意到对面墙上的两张画，我真得夸自己，两个多星期在这儿躺着，居然没有注意到是马克·夏加尔的画，真有本事。现在我看着一束花束，看到一对拥抱的恋人。我不喜欢夏加尔，拿提琴的媚俗玩意儿，但我想着，我确认，这些画并不影响我。这色彩让我想起X光室的墙，想起监护室的探访大褂，苍白的蓝和尿黄。我慢慢发现，苍白的蓝和尿黄是美的颜色。

209

在以前我待过的儿童病房，到处都贴满孩子的画，那时我觉得太难看，涂鸦玩意儿。十三四岁，觉得这不是太好，不再画了，也不会再要了。直到这涂鸦是自己的孩子的画，才又非常重要起来。——我把它们全部留着。

210

还在波恩的时候，有一天，我躺在阿登纳大道的儿童医院里，就在外交部旁边，一个莱茵河对岸的女孩来看我，我们在露营的时候认识的，写过两三次信，她不知从哪儿知道的，我在儿童医院住院，儿童医院对我来说，有点儿尴尬，毕竟我已经十六岁了。房间的窗户，我自己独享的，出去就是莱茵河，到河对岸稍微逆流而上一点儿，七峰山高耸。她告诉我，她是从柯尼斯温特坐火车来的，当然，我后来问了她，是不是认识那个红色旅向对面哥德斯堡美国使馆射击的停车场，那还是没多久以前的事。她坐在那儿,离我的床很近,抓着我的手。她的眼睛非常蓝,不可思议的蓝,蓝眼睛,好像我再也没见过。

211

我翻着我的老笔记本,在我棕色旅行袋旁边的一层里放着,显然我是忘了。

我读着,在医院搁着,关于医院的这个笔记本,肯定是我写的,笔迹看起来是我的。我一再地读到医院这个词,其实,我想永远不要再听到或写到或看到医院这个词,我想都不愿再想一下——但我已经明白,医院这个词我还不得不一直经常地听到和说到,所以我试着让自己麻木,我轻轻说着:医院,医院,医院,我试图让自己免疫,医院,医院,医院,我经常地说这个词,直至这个词毫无意义,医院,哦,医院。卫生院或医务所听上去也没更好听。

在病房,同病房的邻床,他听到我自言自语,说真是见鬼,这么躺着,等着,直到好转。或者到真正病了。所以叫"病房"。

212

我从窗口望出去,看到运河,突然又想起,我最好起来,穿好衣服，乘电梯下楼，最好从对着运河的南出口走，沿河边向列特火车站方向漫走。但列特火车站早就没有了，今天矗立在那儿的火车站，叫作火车总站。

一个上年纪的护士告诉我，这片地曾经是一片沙地，没有树，是军事演练场和靶场，一块小沙漠，但后来建成了医院的花园城，是路德维希·霍夫曼按照鲁道夫·菲尔绍的主意建的——一个医院城！是皇帝1906年宣布落成的。这个医院城的老园亭差不多都毁了，还只剩三个，现在建成一个是儿童肿瘤医院，还有中央大道那些高房子。其中的一座，我躺在里面。

213

新来的隔壁床的这一位，每一刻钟起来一次，掸掉他被子上想像中的碎屑，抻紧床单，蹭到柜子边，打开门，在里面的袋子里掏着，喝一口盒里的果汁，或者拿出一个苹果。他带来了一大袋子小小的干瘪了的苹果。

他说，在西伯利亚他有过自己的园子，四年前来德国，总是在医院里，一个月一次。以前他开着大卡车穿过西伯利亚，把树干拉到木材厂，又把木板拉到工地，穿过泰加地带，有时是零下四十摄氏度。零下四十摄氏度，走不了太多了，因为内燃机不工作了。靠伏特加，他在这样的温度下只能靠伏特加开车，可也不能真正让自己暖和起来。在几乎四十个伏特加的冬天之后，他的肝坏了。

所以他到了这儿。他肚子鼓着，在床上翻来覆去，带着这二十升的水翻来覆去，每四个星期得在医院排水。然后又装满了。

214

我有过一个地理老师，兴高采烈谈论过西伯利亚。它的广阔，它的冷，它的大，他也热烈地谈苏联的伟大工程，把西伯利亚河流引到南方和冰上新城作草原灌溉。作为俘虏在那儿，要老得多，他不可能是。那样的话，他对西伯利亚的亢奋就不会那么高涨。也许他的某次地理老师旅行是坐西伯利亚大铁路的？或者梦想这样？我还知道，这个地理老师，盖哈先生，建议八年级还是九年级的我们，如果真要醉，就喝伏特加，而不是带甜的彩色的利口酒。最好不喝贝里斯蛋酒，不要蓝色库拉索，而是喝伏特加，他说，这东西会产生最纯粹的、最清爽的醉，很少，大多时候根本不会造成第二天早上的头疼。他看起来精于此道。

215

对，这人呢，得经受一切，我的临床说，并就此中止了他的哼哼。他撑向柜子,从袋子里又拿了一个苹果,小小的,黄黄的,有虫咬的苹果。这苹果,他已经跟我说过,他是在东部一片没开垦的地上找到的,没有人要,他收来了。他又坐到床上,拿出小刀把苹果一切四瓣,把芯子挖掉,削皮,然后用刀片插着放进嘴里,刀片锈了。当他吃完最后四分之一时,他又站起来,走向柜子,他在那七个口袋中的三个里找着,终于找到一个盒子,里面放着他的电动剃须刀,我本来可以告诉他的,剃须刀就在那个百货店的口袋里,他已经三次拿出来,又放进去了。他几乎还没在脸上剃到几根茬,就把剃须刀收起来,放进了那个已经压坏了的原装盒子里,因为我躺着的早已不是这个房间了,我躺在他西伯利亚的院子里,他热烈说着的,梅子生长进我的嘴里,熟了,红苹果掉进草里,晚夏的花朵,我从未见过的花朵,盛开着早秋的色彩,几只警觉的兔子围着我。它们先跳到前面,当我又听他嘟囔的时候,它们跳走了,他开始唠叨他的伏尔加德国命运。还是在强制迁移之前,他在伏尔加出生了,还是个小小孩时就被驱逐到西伯利亚了,得谢斯大林,第一个冬天可是残酷,他是在一个地洞里长大的,周围是尸体的山,这人呢,得经受一切,他第二次说这话,也许第三次,第四次,还补充说:但希望一定要有,如果没有希望,一切都完了。

216

在小学的时候,我们班里有两个后来移民的孩子。她们叫格陶特和伊丽莎白,这名字,在所有海克和谭亚们中间很特别,不适合与我们差不多年龄的学生,我想,这名字适合严格管教的孤儿院,而不是我们班。我不记得了,四年小学,是不是和她们说过一次话,我觉得,没人跟她们说过话,同样,她们也从来没开过口。那个漂亮一点儿的,叫伊丽莎白的,她长长的金发总是扎着两条辫子,整星期穿着同样的裙子,下面总是穿着同样的毛裤袜。我那时没有注意她有多漂亮,她看起来就像来自另一个星球。

217

一天晚上,这床终于有了轮子,我滑着穿过结冰的西伯利亚河流去南方,我滑过泥泞滑道,待在了雪堆里,到一个交通检查站,知道,西利亚的警察只值一瓶伏特加,我开过泰加地带,直到我的摩托嘟嘟响着,大声响着,我醒了。我的邻床嘟嘟响着,好像他有自己的呼吸机,他的呼吸嘎嘎地响,他喘着,急促地呼哧呼哧,吸着气,然后又均匀地继续哼哼着。

第二天早上,他说,他到了第十三个五年计划,他得跟我解释，这是俄语专有名词。我算了十个五，加上三个五，差不多我要用两分钟，医院让我慢了。其实他看起来更老。他好像感觉到了，我想什么，说：在俄国我们的时间过得快。

218

每天夜里夜班护士进来，查房，看看点滴瓶，检查一下，我们是否都乖乖地躺在床上，我们的药是否都吃了。她问，是否需要安眠药。查房，像在寄宿学校。

219

有一次，我自己还是学生，我为了在卡加那儿过夜，就让自己在她的寄宿学校被封锁住。探访时间快完了，她把我悄悄带进了她的房间，她和另一个同学合住，在生活老师检查房间开始之前，我坐进了她的衣柜，就像汉妮和南妮在恐怖石城堡，或者我更愿意比作像年轻的雷蒙德·菲德曼在巴黎被占领时期，妈妈把他放在柜子里推到走廊里。只是站在我柜子前的不是法国警察，我的父母被抓，他们逃到冬季室内赛车场，被我们德国人驱逐到奥斯维辛，现在那儿站着的只是一个生活老师，他问女孩们，是不是一切都好。她们乖乖地回答是，卡加会装得很乖的。稍微过了一会儿，她敲了柜子的门，我出来了，接着把她的同屋赶到了另一间房间她朋友那儿。我还记得，卡加的床很窄。

她并没有飞出寄宿学校，不久之后，我们一起去了英国。旅行这样开始，她母亲把我们送到科隆火车站，想看着我们登上往伦敦的夜车。我们只有到亚琛的车票，想从那儿下来，招手搭便车走，她并不知晓。在站台上，卡加告别，被叮嘱在外国脏的厕所别坐，厕所脏是她最大的担心，可惜她没一点儿概念。

三年后，她中断了在一个园林建筑企业的培训，放弃了要当风景建筑师计划，卡加决定，在一个吸毒熟人帮助下，从西班牙经比利牛斯山走私八百公斤大麻。他们开着一辆宿营车到了边境，被检查了——法国海关官员注意到了，车在路上会是多沉。卡加因协助罪获刑，在一个法国监狱待了差不多两年。

220

每个护士都有自己的方式和病人打交道。有一位几乎表现出过分的亲切，另外的摆出一种有趣的，这一天刚好还有点儿亲切的粗鲁，第三类是一直严格的，明确的，确实的，较少个人化的。还有另一位晚上说给我听，她不想当护士了，而宁可再回到她父母的农庄里去干活，某一天她会把农庄接过来的。圈里的牛她也得在夜里看的,这她可以先在这儿练习。我说,我很乐意一直当她的练习牛。

待在病房十一个星期后,最粗的护士也会变温柔,我的邻床说,去年他在这儿躺了十一个星期。

221

医院的无聊,我无法让你坚持了,我无法让自己坚持了,——而我还是坚持了。其实根本没这么糟。每几个小时,饭菜会准时送来,访客也一再来。

222

我想起几年前的一次呼吸检查,一大早在菲尔绍医院。七点之前我空腹到一个没有窗户的检查室里,一个月一次,一整年都这样。七点整我在一个铝质纸袋里第一次吹气,然后用一个旋转阀盖上,喝一杯高浓缩的麦芽糖冲剂——味儿不怎么好,味儿根本不好,太甜,一满杯——再每半小时吹一个铝质纸袋,总是两三次呼吸,代谢物质和在呼吸中测肝功能。这是一个研究项目,对B医生我是有义务的,我也很乐意这么做,我只是往袋子里吹吹气而已。我吹完一个,就把定时钟拨到半个小时,躺在检查躺椅上,读书或睡觉。大概到下午两点我吹最后一次，第十五个精心标注的铝质袋，那个负责这一测试的医生把它们装进两个大垃圾袋，拿到他的实验室，温的空气并不那么重，要研究几天装在袋子里的我的气息。我喜欢做这项工作，吸气，呼气，可惜不付钱给我。今天有了一个标准的呼吸与肝功能的测试方法，只要一个小时。

223

一个女医生拿了一张打开的纸条进来，站在我床边，和护士说着话，也问了我一些问题，我不懂。我不懂，因为自她出现在这个房间，我就得盯着她大大的阴唇，它们清楚地，太清楚地在她裤子的布料下显示出来了。

一个女戏装设计师跟我说起某个女演员，有一天演员来找她，请她把她的所有裤子都改了，就要这效果。这个戏装师很吃惊，但还是帮她做了。

应该是吕贝卡她最后一次来巴黎期间，我和她参加一个艺术大学的年度展览，我们惊叹阴唇浇铸套件。这是一位女艺术家的主意，她在现场的一张折叠桌后面卖出了几百套，套件包括一管剃须泡沫，一只一次性剃须刀，一小瓶凡士林，一小包石膏和一个小纸箱，半开着，装着调好的石膏，造型人以此压制她的阴唇。我们买了一套，回到家里当然就没有比这更好玩的事干了,马上就做了个铸件。她的石膏做的阴唇,这是吕贝卡的告别礼物。直到它丢失,我不知道什么时候,在什么地方丢的,它是件很美的镇纸。

224

说话啊,亲爱的轮床,和我说话吧,亲爱的窗户,亲爱的床头柜,亲爱的紧急电话按键,亲爱的桌子。向我讲述一切吧,亲爱的安着节能灯泡的灯,亲爱的褴褛的灯光。和我说话吧,亲爱的床垫,和我说话呀,亲爱的被子,亲爱的床罩,你们说话呀,亲爱的蓝绿细线。说点什么,亲爱的架子,还有你,已经滴尽的抗生素瓶,说话呀,亲爱的天花板,亲爱的窗户壁龛,亲爱的壁橱,绿色纸箱架子,三只摞起,分别装着不同型号的手套,S号、M号和X号,几个字母想给我完全不同的承诺,说话呀,亲爱的抗菌喷剂,说话呀,亲爱的包扎纱布,说话呀,亲爱的放射性垃圾安全罐,亲爱的氧气和加气接口的器械,和我说话吧,亲爱的枕头,这个头躺在上面,睡觉,胡思乱想和绝望以及有时极度亢奋。

疲倦的长颈鹿

体格正常，身体状态较弱，有轻颤，心理平稳，皮肤和黏膜无病变，无口臭，无水肿。头颈无感染迹象，上腔无流入阻塞，腹壁紧缩，叩听未察异物，移植后伤疤无刺激感，T形管位置正常。无疝气。伤疤周围皮肤感觉迟钝。

我可以收拾东西了，并且告别，去接受康复医疗。一辆病人运输车接我，司机带着轮椅进屋来，拿起我的旅行袋，我说：再见了，房子，再见病房。很快坐在了小面包车里，我们开出城朝北去，我坐在左侧窗边。我也吃惊，每一座建筑，每一个加油站，每一处工业废墟，每一家低价商店和每一处建材店都那么让我高兴不已，我太久没有看到地毯销售中心了。我还高兴看到高速公路和安全护栏，我从我稍微高一些的座位上观察每一辆超过我们的车。每一辆车里至少坐着一个人。

还有两个病人和我一起坐在车里。我和一位女士聊天，她的年龄不比我大。我们聊季节。我们聊天气。我已经宽慰地想，一切都好了，可她又开始讲她的病史了，她像讲历险记一样地讲，似乎想说：看吧，这一切我都经历过了，承受住了，而且扛过来了。

225

医院坐落在一个很大的湖边，这湖叫米里茨湖，并不深。我躺在一个带阳台的房间的大床上，理论上能看湖景，树却挡住了视线。有时我起来到阳台上，在视野中寻找海雕，本来在这儿该有的。可是看不到。

226

这个医院的三四百个病人会在餐厅碰面，早饭，中饭，晚饭，在去取自助餐的途中，在进出蹒跚之中。两个比我年轻的病人，两人都移植了一个肾，其他的病人，心脏病，胃病和其他病的，都比我年长很多，也许，我想，这是我最后一次在一个地方属于最年轻了。早上，中午，晚上我们坐在桌边，其他时候我们生活在规定治疗和行动的全包状态；有每天的日程表，有传言，谁过于忽视他的治疗，谁就要在最后自己为康复措施付账。我曾经不相信，六点半在森林里的晨练我睡过头了，编制篮子也不去看一眼。我去那些没有伤害的健身房。我得去练测力计、体操和太极拳，我摇晃在做陶器和编排滑石间，听有关终身免疫和与之相关的危险性的讲座。学习我哪些东西不能吃：生的，没有削皮的，土里的一切。永远不再吃生菜。最好干脆只是真空包装的，冷冻的，还有就是像做成可以长期存放的。罐头。最好不要是好心好意的绿色食品，好心好意会有太多细菌，不要生鱼，不要寿司，但这没什么了不起，反正不久海里也不会有什么鱼了。小心避免在人群集中的地方，避免游泳池，小小孩和疾病。我知道，我不一定一直都做得到。我坐在那儿，半听不听，我觉得我像是在学校里，在我的螺纹活页笔记本上画小人儿或花样，等待着，可惜徒劳的，课间大休的铃声。学校时代之后，我很长时间没有这么无聊过了。我开始在桌子上画小人儿，在考虑，可以刻上哪个乐队的名字，但我最满意的，已经在我九年级或十年级时，刻在书桌上了的。史密斯，酷瑞，苏可西与女妖。

227

桌子边谈话只有一个题目：永远在谈论病，肆无忌惮，好像是要超过对方。每个人都好像有一个更糟糕的故事经历过或至少知道了，这是种疾病显摆，是恶劣命运的竞赛，最糟的病会赢。生病不再是缺陷，正相反，是一个表彰。这世界康复是病，重估一切价值[1]。在这个桌子上，越来越让我们明白了。

我让自己尽量不去听这些，在吃饭的时候读报。尽管如此，我慢慢地还是明白了，每一种病，任何一种，总送给了它的病人一个故事。一个故事，一个他或她很乐意讲的，一再的，添枝加叶，放缓节奏，离题却又峰回路转。能听到自己说，也就说明，还活着。能谈论，也就是说，我没有死。可是我已经不能忍受这种闲扯了。永远够了。

228

我又在学走路。每天多几步，每天远一点儿。我可以完成十米了，我可以完成二十米了，我能到后面湖边了。这儿散发着森林和松树的气息，不奇怪，这儿树木林立，满地的松果和栗子在脚下蹦跳。到了第三个星期，我有了一个新的运动爱好，这个运动叫作挪威滑雪式行走。我觉得有趣，但同时也肯定，挪威行走有多么好玩，就因为看上去多么神经兮兮。难道看上去不是神经兮兮的吗？

① Umwertung aller Werte，出自尼采。

229

来访者到湖边来，女友或前女友，我们并不太肯定，孩子和他的母亲，卢契基夫妇，汉尼卡女士，吕辛格女士，安吉拉先生，默克尔先生。我们坐在阳光下的椅子上，在咖啡馆里，湖边。

230

我想去理发，我这么久没有去了，几个星期前我就想去了，刚想走，却被那本旧的黑色笔记本紧紧吸引住了，它还在我包里。我读着《疲惫的长颈鹿》：

为什么我就这么疲惫？我这么疲惫，我无法再入睡。

*

我疲惫，是因为我躺着？我疲惫，是因为我已经经历了这么多？我是经历了什么吗？我疲惫，是因为没有什么要经历了吗？

*

这疲惫来自吃饭之后，饱腹之累。还是在夏天，炎热之燥。还有在冬天。在秋天也如此。而春困我不想提。

★

我疲惫,是因为我说得太多太多了?是因为我说得多?我说了什么了?

★

你在搓眼睛了,妈妈说。搓眼睛就是疲惫的标记。而我想,我能不能把瞌睡和疲惫从眼里擦去。

★

这瞌睡,早上在睫毛间粘住的:是睡眠的本体还是排除疲惫的酶?

★

你打哈欠了——这是妈妈的另一句话。打哈欠也是个明确的标记,所以我晚上在她面前想办法压下去。可压下去一个哈欠并不是容易的事。

★

而为什么几乎没有比打一个响亮的哈欠更让我看不起的不礼貌举动?哪来的这个过度反应?

★

没有比打哈欠更加打搅我的身体的响声。就是因为我自己一直疲惫?

★

单单这个词,这个开口长元音。这个词"哈欠"发出来就和真打了哈欠差不多了。

*

疲惫在我想着要做什么的时候就已经出现了。很多可能性也让人累。

*

疲惫是因紧张、疾病或睡眠不足而造成的不舒服的表现。在维基网站的解释上差不多如此表述。可为什么？疲惫，因紧张引起的，不是糖果吗？一种真正的疲惫不就是一种奖赏吗？

*

一直去工作会让人疲惫，不工作，可躺着也让人疲惫。

*

生理学上的疲惫是由于紧张和休息之间的不平衡造成，是身体和心理的过度负担引起。或者缺乏睡眠。或者缺乏积极性。或者无聊。

*

因为我一直疲惫，我妈妈在我二年级的时候早上就给我加咖啡。加很多牛奶。准确地说是在牛奶里加进一点儿咖啡。

*

几年来咖啡也让我疲惫。有那么段时间，咖啡让我精神，可这过去了，咖啡已经触动不了我的原动力的缺

乏。可惜。(精神这个词在今天听上去就像麻醉,按上个世纪的咖啡广告的说法)

*

我的天,一个像您这样的小伙子,为什么这么疲惫?一个老人问。可惜我没法跟您解释。

*

我如此疲惫,因为我是替我外公累的?因为他很少有时间躺着和睡觉?因为他从俘虏营得走路回家?他把他的疲惫传给我了?我得为他疲惫?

*

感觉好像有人活着,我为此买单。抑或是我自己?

*

一种蜇人的,勒紧的,精疲力竭的疲惫向我袭来,在我把孩子放上床后。在这种疲惫里掺进了欲醉的兴致。我相信,我父母也是这么做的。当我在床上的时候,葡萄酒瓶打开了。

*

当我是孩子的时候,我很惊讶成年人能马上入睡的本事。我父亲躺下,闭上眼睛——睡了。睡着对他来说就是和休息画等号。今天反过来了:孩子马上睡着了,而我,成年人,几个小时躺着却睡不着,因为我要想着这个那个还有千千百百别的东西。

*

然后我还是睡着了可马上又醒了。我问自己,是不是我的疲惫把我叫醒的。胡扯。

*

我因我所有的担忧而疲惫。这是你的良心不安,不容你睡觉。我听见我妈妈说。呵,是这样。

*

什么也不做的疲惫——这也许是对人而言最人性化的,他可以对自己说:我躺着,今天我什么也不做,我就这么等着,不起来,我现在是个奥勃洛莫夫?

*

人啊还是得起床,尽管他还精疲力竭。我不能想像,动物也这样,动物可不设闹钟。

*

狗睡得很多,长颈鹿相反,几乎不睡。从不同的哺乳动物睡觉时间比例上看,人基本是居中的。是因为长颈鹿躺下再起来太辛苦,它因此要消耗太多能量吗?它们的腿在地上也睡着吗?它们睡得少和它的长脖子有关吗?长颈鹿要因此一直如此不堪地疲惫下去吗?或者它们最后没有时间睡了,因为它们得不停咀嚼,每天三十公斤的叶子,得花十六到二十个小时?

★

如果人也得像长颈鹿一样饱食终日，他什么也干不了。他将没时间造教堂、飞机、医院，没有时间读书，写作，没有时间看电影或做别的什么。

★

一只小囊鼠需要睡二十小时。大部分小囊鼠是在睡觉中被吃掉的？

★

我的疲惫的历史是我失眠的历史。根本不对，所谓的，谁疲惫，谁就睡得好或能更好地入睡。根本不对。

★

我疲惫，没有任何理由。

★

最美的疲惫是西班牙式的，我可以说睡梦之探戈[1]。西班牙语使疲惫成梦。

★

于是那难以想像的惬意的疲惫如期而至，星期天的早晨，如此自然流入星期天午后的疲惫。多么美啊，毫不费力地从一个疲惫滑进下一个疲惫。

★

奇怪，从瀑布冲下来的水不会疲于流淌，我想，当我

① 原文是西班牙语。

看到一张尼亚加拉瀑布的图片时。

⋆

难道“不再想要”不是比“总还想要”人性化得多吗？哪些动物已经会选择放弃了？

⋆

我如果疲惫，我到底会想什么呢？我还能想些什么吗？如此散漫的状态。

⋆

真还有什么东西在我脑子里吗？令人惊奇，这儿空空如也。这种空几乎也已经又有意思起来——如果我能够聚集能量对此感兴趣的话。

⋆

疲惫是缺氧？我没有获得足够的空气？慢慢地，我窒息入土？也许我是美丽的错觉，对别的想入非非？

⋆

疲惫是一座山，我从上面滚下来，是深谷，是平原，遥远，空荡，岩溶一样。它有未知星球上的非晶地形。可惜我太疲惫，无力去研究。我宁可睡着。我太疲惫。不行了。太疲惫。

⋆

孩子从不疲惫，一直否认疲惫，试图把实际存在的疲惫否定掉。醒得越长，越兴奋。直到这种兴奋坠落至过度疲惫。

⋆

惬意的化学之疲惫,美好的丙泊酚疲惫,我会习惯于此。迈克·杰克逊用丙泊酚能睡觉,现在他永远睡着。

⋆

生命之疲惫:就是不再想要什么了。如波浪而来。一再地。也向我袭来。

⋆

多么奇特,我还是有回睡够了而不再累了——因为我不知什么时候能睡着了。在哪儿我当然不记得了。

⋆

为什么我如此疲惫?为什么我不会醒?为什么我在起来后马上又想睡?只是因为是冬天,树上没有叶子了?这是我的冬眠基因?

⋆

为什么人不冬眠?因为他不能猛吃个够,两个月三个月就一直睡下去?如果能在十二月入睡,到三月中,当连翘盛开时,再醒来,多好啊。

⋆

候鸟常常完全不睡,整个晚上都在飞。

⋆

或者鸟在飞的时候睡?它们大多只闭一只眼,另一只继续观察周围。一边睡觉对于安静的大脑半球的休息不会比夜晚深度睡眠少。

★

如果人也能让大脑半球的一边睡觉多好。对于电视和很多其他的活动,大脑的一边睡觉足够了。

★

在沙发上坐着,眼呆呆地盯着。垮了,蔫了,疲惫的另一种色调。

★

孤独的疲惫,我完全为我而疲惫。

★

性也疲惫。性后安睡是简单的,可并不总希望如此。

★

于是,尽管疲惫,有时是个念头。最终疲惫会给人灵感,是这样吗?对此我不敢肯定。

★

很疲惫的我是温和的。疲惫时我有一颗温柔的心。

★

疲惫,谁说了这话,是肝的疼痛。

231

我终于坐进了理发室，长发得剪掉。我注意到，我根本不这么疲惫了。我知道为什么。

歉。放着的空水瓶,不是她的职责,她不会带走。有时候夜班护士会在最后一两次巡视时,带走它。总也还不忘加上一句,谁能取来满的水瓶,总该有力气把空的水瓶送回去。我喜欢这个谆谆教诲。我又变八岁了,我马上要喊出妈妈。

254

旁边又来了一个新的邻床,一个黎巴嫩卖肉师傅,他右手的四个手指被切了。没有完全切下来,可也差不多了。他的刀快,他说,他的肌腱都和骨头分开了,手没戴护套就划到了刀刃。到底怎么回事,我也没明白,也许也不想明白。在听他讲的时候,我的手痛了,我知道,这是同情引起的疼痛。

几年前他有了一个自己的店。两个同事来看他,给他带来肉,大扁面包和蔬菜,他们带了很多,医院的东西他不想吃。他所有的东西都让我吃,我也都尝了。不久他给我讲了吕塞尔斯海姆难民营的事,1990年他在那儿待过,他说着,他出生在一个世代卖肉的家庭,在一个肉厂工作了十二年,直到自己的肉店开张,在勋伯格区,主街,离奥德欧电影院不远。

他三兄弟中的两个丧生了。不,他说,他们是被杀害的。他大哥被以色列人开枪打死,1982年,在第一次以色列黎巴嫩战争中,另一个,他最小的弟弟,死于内战的炸弹中,

雪

病人此前病史已详述。瓦先生自述在康复院接受免疫抑制治疗时出现腹部痉挛。病毒检查发现7/200 000巨细胞病毒阳性细胞。我们开始静脉注射更普洛韦(Cymeven)的抗病毒治疗,并作结肠镜检查,以确诊是否患有巨细胞病毒性肠炎。

232

房间马上又认出了我。这床，这灯，这床头柜，这窗户和它的景色，它们都在对我耳语：你又回到这儿了，终于从康复院出来了，回到我们中间了。

还是有并发症：我不能也不想吃任何东西，我不能喝任何东西，我挂着点滴。这一般没什么问题，在增长的免疫系统里不无危险的巨细胞病毒是其原因。我早上晚上都要注射碱性药物，进血管的。我一再地被戳，针眼在我两个手臂上形成双排，最后医生在我脚上找静脉，我觉得自己被穿透了。还可以在我舌下注射，像尤莉娅干的那样，当她是个瘾君子的时候，这想法医生不会有。所幸。我为自己保留着这种可能性。

233

哪儿都是疼的,我情绪很差,我不想要了。即使是妈妈那句你别这个样子的声音也不想听了。

234

我翻着报纸,读着维唐格罗·比尼的故事[①],一个退了休的意大利警察,他在医院看望他的妻子,出于同情,透过两块毛巾开枪打死了妻子。两枪在头部,两枪在胸口。目击者称,他走进房间的时候,像往常一样平静和亲切——他们只是注意到,他随身带着一个小的旅行袋。他坐在妻子的床边,抚摸她的头,在她耳边耳语了几句,于是拿出两块毛巾,盖在她的头上和胸口,在别人还没反应过来的时候,抽出手枪,开了两枪。他随后又补了两枪,因为他发现妻子还在呼吸,这个八十二岁的女人,患阿尔茨海默病[②]十二年了。然后,他坐在一张椅子上,从包里拿出手机,给警察,也就是原来的同事,打电话。我没法忍受,看到她如此受折磨,现在她可以安静了,当他被押走的时候,他这么说。那个旅行袋他

---

① Vitangolo Bini,2007年发生在意大利的真实事件。

② Alzheimer,俗称老年痴呆症。

是为监狱准备的。

也许会有这么个怜悯我的人，来射杀我？我问自己。

235

孩子，是我还躺在这儿的原因，别的，我想不起来为什么。我当然知道，如果爸爸或妈妈突然不在了，这不太好，

女儿来过一次，和她母亲来的。她不喜欢这样，她想马上走。她看到的躺着的这个人，不是她的父亲，而是挂着设备插着管子的奇怪的病人。

我还记得，我自己那会儿，尽管已经大多了，也不是那么愿意在医院里看到我妈妈。我不想和医院有关，我都恨去医院里。我同学那些健康的，打网球、开敞篷车的妈妈当然比在毛毡上垂死的妈妈更让我称心的。

236

一只黄蜂一直往窗户上飞，从里面撞击着玻璃，它用它的整个身子撞，想出去，出不去。它看不懂玻璃做的窗户。过了一会儿，它只是在玻璃上爬了，越来越慢，它这样在玻璃上爬着，这囚徒寻找着上天的途径。我考虑着是该让它叮

我，还是该用卷起的报纸把它打死。用报纸打，我父亲的办法——有时他必须这么做，因为我母亲恐惧黄蜂，她看到一只，就会大叫。

我可以把经济版和副刊卷在一起，打下去。我甚至不用特别快地行动或使很大的劲，这黄蜂已行将死去。

我想着那些被我弄死的动物，那些狗，在斯达茨医生的试验中的牺牲者，还有那些梦，在梦里，我一次又一次地相信，是我杀了某人，罪过的梦，在梦里，我不安的良心无以复加地盘旋，让我清楚：因此你现在必须活着。当我醒来的时候，我总是特别地轻松，我总算明白过来，我好像还是没有杀了谁的。真的没有？我真的没有对他或她的死负有责任？那对你呢？我得有负罪感吗？因为我活过来了，而你没有？

237

当我把报纸又打开的时候，我发现一个人的讣告，在康复院他坐我斜对面。在巨大的餐厅，我们俩是唯一在早上看报纸的人，是彼此不被那些病情故事的细节所扰的。我们都把阅读看作比移植故事更有趣，这一点我们并没有用语言去达成一致。此时，我在读，一周前他死了。这又提醒了我，百分之二十的肝脏移植病人活不过一年的。无论如何，我已经坚持了两个月，不久就三个月了。

从B医生那儿我知道，成活率在美洲要高得多。

可这只是因为，一些已经病得很重的病人不在成活率统计里，那儿的大部分情况就根本不做移植了。那些申报成功率的医院，更愿意移植较轻的病例。

238

而我又很幸运，积极的灵丹妙药起作用了，本来可能会持续久得多的病毒影响减退了。我望着窗外，树叶已经变黄，开始落下。这个季节叫什么来着？运河上，一条运煤船正在卸货，我看到远处的一辆城铁，黄的红的一掠而过，之后，是货车，白色的天空。

239

几乎这儿的所有季节我都看过，只缺冬天。果然——我得留心，如我所愿——外边开始下雪了。密密匝匝，厚厚的雪花，雪，让人欣喜，就是这样。我一再试着盯着雪花的飘扬，你也许就是这片雪花。这当然不可能长久，它们看起来都还差不多。尽管，我曾经读到过，在地球发展史上还没有过两片完全相同的雪片从天上落下，结晶体的可能性大至不可想像。

呵，又停了。什么也没留下。

240

我躺在一个新换的被子里，咖啡在床头柜上——医院田园牧歌，病房世外桃源。而这提醒了我，我又把早餐盘里的一个战场攻下了。当我是个孩子的时候，我涂抹一片面包，把边上的硬皮切下来，堆着，如每个早晨那样，把蜂蜜和果酱从小包装里用勺舀出来。也许我就是那只黄蜂。

241

在走廊里，我又遇到了那个叽叽呱呱的女人，那个巨人。我们经常在这儿走，她也总是马上开始述说：她的第三个肝让她觉得，她身体好像合并进了另一个人。她已经说过一次了，在那个休息厅，一天晚上，当她和我都睡不着觉的时候。她说，她吃了另一个人，她在观察室的时候，他们用人肉喂她，合并进入她体内的那个男人，是一个很漂亮、很强壮的人。当然也是个杀人犯，在逃避警察追捕时，轧到了车底下，因此身体受伤，脑死亡了，等等等等。

可惜我无法与她谈她的食人幻想，她只是想自己说。我喜欢她的想法，事实上也是有这种自然民族，他们相信，他们征服敌人的勇敢能配得上一个食人仪式，但不意味着，被弄死的斗士连皮带毛都被吃掉。大部分尝心和肝就够了。

我现在想，我是不是也赢得了你的勇敢，这几乎被人遗忘的品德？也因此我能顶住这一切？

242

从那个想不久又到她父母的农家院子里去工作的护士那儿听到，一个病人在她活过来的兴奋中相信，她破获了彩票的六个数字和附加数。她给她所有的朋友打电话，说她赢了几百万，你们想买什么就买什么，全部由我来付钱。她答应给她的主任医师两千万扩建医院。

而这也是事实，她赢了。她还活着，世界属于她。

活过来的兴奋症，这我已经注意到了，可惜不能保持。那可怕的，无尽的，空虚的，充满怀疑的日子，又回来了。而我现在有了一个新的生命，一切归零，再次从头开始。难道我不该从早到晚地欢呼？每天？不间断地？

243

我又一次看到下面一个穿工装的男人蹬着车，穿过这宁静，他蹬着S曲线经过这柏油路，似乎他与这世界很和谐，他一点儿都不着急。

当我弯腰伸出开着的窗户,想从后面看他,我注意到,我根本没法从这个窗户就这么跳下去。底下一层从墙面上伸出来一块碎石子铺的前檐,一个平顶,微微倾斜的。能弯腰俯出窗外,是因为那个护士,我最近跟她交往得不错,我问她拿的钥匙,可以把窗户完全打开。如果我现在从窗户跳下去,她会有大麻烦的。

有时候也很容易,在这种时候我就想孩子,她可以那样不可思议地开心。这很管用,这种欣喜会反射回来。这是孩子计策,大部分时候有效。

244

我还一直在窗户边,数着停车场上的车。八九个位子是预订的。牌子上写着,谁的车可以停在哪儿。一辆大众甲壳虫特别显眼,它与庞大的奥迪和宝马不相配,甲壳虫根本就很少能看到了,我想。说到大众,就是指甲壳虫,已经是很久以前的事了。

245

我母亲——我自己也记不清了,我只是在相册里的老照片上知道的——在我刚出生的那会儿是开一辆甲壳虫的。所以,我猜想,我出生时是一辆甲壳虫把我从医院里带回家的。

246

维蕾娜也有一辆甲壳虫,她有时候用它带我,她是从她外祖母那儿继承下来的。尽管她是法官,她还是经常坐在罗马学图书馆里,本来她是更愿意学意大利语的,现在她在做法学的博士论文,这并不是她特别感兴趣的题目。她忍受着她的超级父母,一个当州最高法院院长的父亲,一个颇有成就几乎很有声望的女法官的母亲。他们俩让她活得很累。

我们偶尔在自由大学老咖啡馆或者图书馆的过道里见面,她带我到十字山城区,我住格尔里茨公园的这边,她住公园的另一边。就因为她父母看不起这个区,她就偏偏搬进了这个区,而不去施马根多夫的房子,在那儿,一套大得多的房子正等着她,父亲转给她的。她的甲壳虫里,什么都有点儿颤,在她边上,我看着她丰满的柔软的嘴唇,几乎要爆开,其实倒也没有特别,我在想像有朝一日和她在那绿色森林里的房子里生活,有一回她开车带我路过那儿。我想像,和她结婚,尽管我觉得和她在一起多少有些无聊,即使以某种非常舒服的方式。还在我们第一次亲吻之前,我私底下就想像过，以后我会怎么骗她，就在她的甲壳虫里第一次小心翼翼的温柔中，我就知道，我会经常地向她撒谎，我和她的浪漫故事还没有真正开始之前，最糟糕的结尾，在我的头脑中已经写就。

几年之后，有一回，我拨错了电话，打到了她那儿。她告诉我，她有个两岁的女儿，和一个心理学家结了婚，住在施马根多夫，又怀孕了。

247

不管我往哪里看，看到的是静物。是因为我有太多时间？太多太多了？这么久盯着墙，盯着床头柜，盯着水瓶，饮料盒，那些没有读的书，直到我盯着的一切都变成了静止的生命？也许，我只是还愿意看这静止的生命了，因为这些在法语里就叫作静物？①

这会儿我迷迷糊糊的，慵懒，疲倦。我等着，可没有兴趣等了。我不知道等什么。

248

外面狂风暴雨。这骤变是一场秋天的风暴？窗外的栗

① 原文是法语。

子树突然秃了，几乎没有了叶子，什么都没了。外边下雨，这里面没有，我觉得，天在颤抖。不知道，蚊子是否会在这雨中活下来，如果现在还有蚊子的话。我又想起那场去年或前年我在这儿听到的关于园子里耙的对话来，现在树叶又落了。

249

我梦见，我被允许离开监狱回家。我被接走，爸爸妈妈在，奇怪，我又变成五岁了，回到自己的房子里。我还在那个房间，两扇窗户向着院子，一直通到后面，到山隘上，很容易掉下去。我们不是从这儿搬出很久了吗？这房子不是卖了吗？和我们在那儿一起住的外婆不是死了吗？还有，为什么妈妈又活了？

250

在走廊里我看见那个西伯利亚苹果工人。他和几星期前一样穿着那件格子衬衣，两个塑料袋提在手里，好像拽得紧紧的。我跟他点点头，可他没有注意到我。他挺着腹水又鼓胀的肚子，挪到护士室门口，几乎低三下四地求护士，允许他一次，就一次短短地打个电话。护士同意了，谦恭的姿态，象征性屈服，一个侍从，所有的这些，甚至有点儿溜须拍马，都让她很满足，也许她也只是感动了。

251

如果我死了，所有的这一切会怎么样呢？我想，我更愿意是路边草茎的记忆，一切都转眼即逝，一根草，直到它凋谢或拔掉，没有人会注意到它。或者就这么干枯。

252

我有时间，有很多的时间，观察医院的地板。有时候，一个图案可以看出完全另一个东西来，这块地毯，总是会让我看到同样的烟岚色河流，每天如此。而我的床是筏，漂荡在这河上。水面光亮如镜。

253

穿松子绿外套的清洁工，深色头发，来清空了垃圾桶，那里面塞满了我没有读的报纸。她又放进了一个干净的垃圾袋。她抹着桌子，灯罩，灯罩来回摆动了一会儿，最后擦床头柜。她先提起放在那儿的东西，如果我有太多的书（我还没有读的）和报纸放在抽拉板上，她抱怨，没法擦了。我说抱

我的邻床认为是基督教马龙派战斗者的罪恶。

有一次，他的五个孩子站在房间里，四个女儿和一个儿子。最漂亮的一个女儿，十一二岁，有点儿瘦，深色头发，我觉得她有点儿苍白，她突然蜷缩起来，开始慢慢地，像慢镜头，然后快了。她晕过去，就像我之前在电影里看到的。她不喜欢医院，说是根本不想来的，可她没办法，必须来。

255

我的阿姨们总是在说，这个是在希腊丧生的，那个是在非洲丧生的，另一个是在俄罗斯。而我，当我听她们说这些的时候，还是个孩子，总在想，他们可能是在深深的山谷里丧生的，很深很深，我看见他们穿着制服倒下，他们被用银的镜框框着，摆在了梳妆台上，兄弟们，父亲们，儿子们。

256

早晨，护理员来了，问我想喝什么。我想喝什么呢？我说，咖啡。我总说咖啡，水就在床头柜上。晚上我喝茶。

257

我只是得躺着。我只需要躺着，偶尔说一句，我量了体温。每天早上我编一个数字，我早就懒得真的把体温计夹进胳肢窝里。我想，我其实挺愿意待在这里，医院能摆脱很多东西，那些在平时看起来异常重要的东西。

也许我已经待在这儿太久了。

258

两三个小时我就盯着床头柜上灰玻璃的矿泉水瓶。我喜欢它的轮廓，我喜欢纸做的标签。瓶子，看起来很骄傲。我相信，她闪着光。

我发现，这并不太难，长时间盯着一个东西看，直到把它看出完全不同的东西来。尽管，我并不一定知道，它是什么。

259

起床，还一直很困难。如果我躺下，就躺着了。坐起来要用到的腹肌，横着切开了，而我的床上没有装训练拉手，否则，我可以自己拉着起身。病房的护士把它撤走了，想让我自己练习起床,自己努力。也许她是对的。

我不用胳膊向上拉,我躺着,弯曲膝盖,臀部借着腿的力量提起来,用胳膊肘向床边挪。脚碰到地了,我就可以用手臂垂直支起我的上身。

刀疤,我在每个动作中都会感觉到。

260

刀疤边上腹部皮肤还是麻木的。肚脐也还是麻木的。如果我用手指抚摸皮肤,我很吃惊,因为我还期待,有人顺着那儿摸下去,手指能感觉到,腹部皮肤也会感觉到,——而现在我手指肚碰到的,就像摸到橡胶热水袋的外表皮。

我喜欢这刀疤,我觉得它好看。甚至对此还有点儿骄傲,那字母,我还不能破译。外科医生把它称作梅赛德斯之星①。

如果医院奥德修斯不到流放地,如果有朝一日他还是被允许回家,他会因这些刀疤被认出来吗?我的保姆还活着,她给我写了一张卡片。她祝我早日康复。

---

① 一种腹部手术切口方式,类似T形或Y形像梅赛德斯奔驰车商标般的切口。

261

过去，我有其他的疤，最大的因为肝活检，我第一次，在一个并不是每天都会有这样的手术进入手术计划表的医院。那个医生是我同班同学的父亲，用手术刀开始在我身上切了一下，另外四个医生护士拽紧我，一根像孩子手指那么粗的金属管从侧面插进我身体里，从我的肝上切取一点活检切片。我承认，很痛。照那个红头发医生的疼痛刻度上至少到七，要不就是八，但只是很短暂的痛。后来的活检只是留下了非常微小的点，大部分被淹没在新的更大的刀疤里了。现在可是新疤覆旧疤，多方便。

262

忽然，房间里只有我一个人了。边上没人，甚至也没有空床。房间显得大得多。我觉得就像在一个旅馆。只是房间服务员进来之前不敲门。

我记起在墨西哥城的一个房间，离摩奴拉马德累不远。七个星期我待在同一个旅馆，算起来差不多每天十一美元，比索正贬值。后来我搬到马里斯盖街更便宜的一家旅馆，在艺术学院对面。可是，我住下之后才注意到，这也是一家妓院。格鲁丽娅不太乐意。

263

对面平顶上的风向袋忽高忽低。看起来很累，还有点儿阴沉沉的，斑斑点点，几乎有点儿脏了，橙色褪去了。像是一个邋遢的修女戴的帽子。

天幕合上了又开了，太阳出来了，晚上又下去了。此外，也就没什么了。

264

我希望吕贝卡会过来。我们可以沿运河散步，踩过这走道上和河边纤路上的树叶，我想像，这些叶子如何簌簌作响，我们可以一直让它们这样簌簌地响到北京广场①，然后再去哪个店里坐下。

我一再地忘记，一再地想忘记，她根本就不再活着了。她的阿富汗旅行，她两三次和一个技术合作公司去那儿，每次都全身而归，她既没有被绑架被处死，也没有在封锁了的

① 柏林Wedding区的一个小三角绿地，得名于德皇帝纪念1900年德军打败义和团占领北京之事，有一著名八角建筑称“八角咖啡”，实为男人小便处。

道路上从汽车上拖下来用枪打死，没有，她死在这儿，柏林，在走向中区她办公桌的途中，她的儿子，两岁半，她刚把他送进幼儿园。她过马路，被一辆送货车碾过，她当场死了。

265

我还梦见，我好像拿到了账单。好像我的钢笔漏水的那天我只读了合同。我签了什么字吗？我现在得付那次没付的账？主任医师拿了张纸进来。开始我想，和这张纸有关，比A4小一点儿，一张证书，一张获胜荣誉证书，像给参加联邦青年赛成功获奖的学生的。一张证书，上面不加修饰地写着“成功了，您活过来了！”。可主任医师没有恭贺我，他只是说：请吧，您的账单，就递给我那张纸。我瞥了一眼，看到一个巨大的数字，一个说不出来的数目，一个天方夜谭的天文数字，我马上意识到，这是我有生之年无法筹措的数字。我也跟他说了这些话。没关系，他答着，您可以用您的血来支付。用我的血？我的血这么值钱？我多少有点儿吃惊地问，主任医师回答了：我意思当然是象征性的。我听到他牛皮底的鞋底嘎吱嘎吱地响。这我不明白。他什么意思？梦里的一切不是象征性的吗？我不能问他更多了，他已经离开了，账单放在床头柜上。

我的法定保险公司支付这账单，当我醒来时候，我想起来了，我很松了一口气。医疗保险公司不仅从医院得到了一张账单，也从欧洲移植基金会①得到了一张，器官的提供及其相关费用。至今还没有医疗保险公司的工作人员打电话问过我，是不是能稍微快点儿死，那样会更便宜。至今也还没有人宣布，这笔开支是不是还真值得出。是否我对所谓的团结协作会真有这么大的价值。

后来我在报纸上读到关于托马斯·斯达茨的德国得意弟子，明星手术师，埃森的主治医生，所谓的“肝天才”，他在手术前竟也索要现金捐款，五千欧元，有时也要一万欧元，给白大褂口袋的一捆漂亮的现钞。只是为了保证让他做手术而不是别的什么助手。他现在坐在牢里。

266

那仙女的条件是什么？我在电话里没明白。再给我打个电话，请再给我打个电话吧。

267

日子流逝。护士，护工，医生，探访，到房间来，我被推到

① 总部设在荷兰，1967年组建。

哪儿,又被推回房间。有一次,推我的人是个红胡子,头发很少。他也维护着日常交流:今天咱们怎么着啊?行,走吧,现在去那旮旯。他和我聊运输报话控制中心,一个早班二十六趟,下午少些,他们全都用医院的移动电话联系,得给出信号:我去病房,接到病人,或者:我已到目的地,又可以安排。那个主监管员一般坐在屏幕前,可以看到他的运输队员们的行动,但医院范围也总会有报话盲点,至少可以在那儿喘口气。他每天要跑二十五到三十公里,这个医院里的阿赫斯维[①]说,到了晚上我可没有散步的必要。鞋只穿五个月,有时候能穿半年。

268

我被照顾得多好,医院对我多好。我有一张床,我有吃的,一日三餐。有的地方没有医院,人就这么容易地死了。我却在这里日日月月年年躺在床上,所有的人忙着,医生,护士,护工,理疗员,运输员和清洁工。

而我要做什么,我配得到这一切吗?

269

我看看墙,看看柜子,看看无声的电视,看看两张一直懒

---

① 基督教传说中的人物,喻永远在奔走的人。

得看的图。我看着床边的床头柜和带按钮的控制板，上面只有一个还能用——我用它打开灯关掉灯。看不到一点儿海，我不是躺在太平洋上，我看到的只是窗前的树梢，只是等着，不久，外边会上演四季之歌，有一点儿想像，这一场还一直叫着秋，每天早晨，树上的叶子就少了些。因而现在也能清楚地看到不远处的一栋楼，它每天长一点儿，如此看到了进步。开始只是钢的脚手架，此时已是一个巨大的黄色立方体，在环线站台上闪闪发光了。

270

我起床，把睡袍穿在我的敞口病号服外面，没穿防菌褂，慢慢向病房门的方向走。我走出去，进了电梯走廊，等下一部电梯下去，我可以努力走到小卖部，这已不觉得特别难了，买一张报纸，晃悠绕到外面的路。风中，我觉得有点儿冷，可是我想从外边看看我的窗户。我一层层数着长长的窗玻璃，看到了，A7，没错！再下去，我认出百叶窗帘下窗台边那个至少放了一个星期的空瓶子。我向那个无人的房间挥挥手，我向我挥手，那样我就还坐在那上面，我想像，看见我，在瞭望台，在高台上。

271

有一次,我在奥地利的叔叔带我去打猎,我大概十岁,或十一岁。大概早上四点,他叫醒我,带着我出门,他背着他的猎枪,穿过森林里的果园,我们在黑暗中走了很久,直到我们走到林子里空地的边上,登上瞭望台,天已蒙蒙亮了。我们坐在那儿,不说一句话。我们等着马上就要出现在草原上的猎物,看起来,小鹿在捉迷藏。我叔叔猎枪在手,但不打这些动物。当我们坐了差不多一个小时之后,从瞭望台上爬下来,突然,在森林路上一只更幼小的鹿出现在我们面前,它还不敢像那些大的到空地上去。它看着我们,看着我,我看着它的眼睛,这时我的叔叔已经举起了枪射击了。这东西飞到空中,叉开着腿,又蜷在一起掉到了地上。它死了,当场就被剪开了。我叔叔把大部分内脏扔进了树丛,狐狸会高兴的,他说。头骨架是回到院子里后再锯开的,我在边上看着。脑和睾丸他晚上和着鸡蛋炒了吃了,允许我尝一尝。

272

抽血,几乎每天如此。我总是害怕让医生失望,我总想给出好的指标。我怎么样,我到底怎么样,我总是第一个知

道,如果我知道这些数据。我是我的病历卡,我是我的数值曲线,我是

钠 钾 钙
白蛋白 肌酐
蛋白质 胆红素
脂肪酶 淀粉酶
谷丙转氨酶 谷草转氨酶 谷氨酰转肽酶
低密度脂蛋白胆固醇 高密度脂蛋白胆固醇
谷氨酸脱氢酶 乳酸脱氢酶

平均红细胞血红蛋白 平均红细胞容积
平均血小板容积 平均红细胞血红蛋白浓度
淋巴细胞 白细胞
单核细胞 血小板
粒细胞 红细胞
甘油三酯 红细胞比容
血红蛋白 胆固醇

273

突然没有菜单了。这些打孔卡,这些文物,这电子处理

数据的小黑板,至今为止,我每天都要在上面画叉,点爱吃的菜,现在取消了——奇迹出现。现在来了一个护理员,带了一个电子的定菜器,进房间问我们想吃什么。有点儿没劲儿,他得带着它进每个房间,读着同样的东西。我已经开始想念那些卡了。

274

一个和我年纪差不多的女人一声不吭走进屋里,开始拖地,她的拖把撞击着每个桌腿椅子腿。我疼,这些桌椅腿,这些凳子,纸篓,他们就是我的同志。而这个女人把它们这样推来推去。

她又向门的方向拖,马上就要离开这个房间了,我说了声:谢谢。她抬头看我,好像这会儿才注意到我,看着我,向后捋了一下盖在脸上的发绺,轻轻清了下嗓子,嘴角向上咧了一下,这看起来像是个微笑了,轻声说了声:不客气。

275

我的邻床卡尔-汉茨,要出院了,他原来是民主德国海军驱逐舰上的厨师,他有一个生活至理名言留给我:每一天都是新的,现在即永远,每道菜只会吃一次,没有错过的机会会回来。

我会努力,不忘记它。

276

医院星期天的下午。我累了,从浴室回来,我累了,在走廊散步,我累了,向外眺望,我累了,来回翻动的书页,我几乎没读到什么。又是我们俩躺在席梦思上。你一直都在,当我睡下,当我起床,当我又躺下,在床上翻来覆去。我在每一次呼吸,每一个动作,都感觉到你,我们一起躺在这个筏上,我们一起漂洋过海。

277

而所有这些记忆碎片,这些怀疑,这些尴尬,这小小的医院愉悦,也许只要这样记录下来,就将是感谢信的一种。

对,重生,我将借此新的生命重新开始。那个总在这儿来回嚷嚷的清洁工是对的,我不能只是躺着,我得做些什么,应该去拿活页本或者笔记簿,钢笔我已经有了,很好写的。我应该掏出钢笔,拧开笔帽,就这样开始,我已经想好了第一个句子,可以就是这样:午夜刚过,我来了——床头柜上的手机振动，开始在平滑的桌面上移动，我伸过手去，拿住它，按接听，开始没听到什么，过一会儿，一个声音，说：爸爸？你很快就能回家吗？

结　语

在肝移植一年后的例行常规检查中确认，总体状态良好。移植肝表现，临床和化验结果显示合成与分泌能力功能良好。实验室化检和组织学上均无急性或慢性实质性损伤显示。超声肝形态和肝内灌注均正常。

再版后记

《生命》走进中国已是第六个年头，如作者当初切身成就的这个生命体，在经受语言“移植”的历练，已经度过了适应期，今日再版，证明了“移植”成功。语言的转换如同两个机体的结合，是共同生命的延续，完成了新生命体的蜕变，今日再版，欣喜胜于当初。

2014年夏天当这个德国人第一次踏上中国北京的热土，他完全不知道这样的《生命》能不能经受得起生存考验。作品没有准备为世界做宏大叙事，个人生命经历的平凡记录，却直击了中国读者的心。人们看故事的小说阅读期待，显然已被诗意的天性占据，用读诗的热情接受了它，一场场朗读会，从朝内大街166号那个老旧略显昏暗的拥挤的会场，一直办到了2018年10月，董卿和作者一起在柏林塔里亚书店的朗读会上。当时在场的欧阳韬这样跟我说起那场朗诵会：瓦格纳和董卿读着作品的时候，瓦格纳眼里闪亮，似有泪光。这种感动，相信是真正的心灵相通，对生命的敬畏，对情感的珍惜，克服了语言的异质感，唤起了人们内心的共鸣。历经几年，“移植肝表现，临床和化验结果显示合成与分泌能力功能良好”。不说生理合成与分泌的能力究竟意味着什么，但一定是生命继续的指征，一定是生命自我成长的能力。《生命》从最初的呱呱坠地，落在中国，是生命自身的生存、成长。这样一个结合体，不是语言外衣的简单变换，改变语言，是肌肤的嬗变，是血液和筋脉的连通，肌肤相连，归于心灵的相通，成为一体的生命体，是一个新的生命体，既不是原本的复现，也不是另一个他，而是一个更丰富、更顽强的生命体。而今，两个不同的生命体，“连理枝头侬与汝，千花百草从渠许”。“一切就是这样，一切也完全不同”，如瓦格纳书里写的，而今，两个生命体在境界、气质与神韵上相连，生长于自己的新的环境。自然的生命、精神的生命、逻辑的生命，更有诗性的生命。真正的生命不是孤独的存在，而是开放的系统，与环境有着能量与物质的交换。2014年那个料峭的冬日，中国《生命》的热度化雪融冰，荣获当年“年度最佳外国小说奖”，还斩获“邹韬奋年度外国小说奖”。即便作者也许还没有完全理解这片陌生的大地对文学的热情，之后的日子，令他收获生命在他乡绽放的喜悦，他几次来到中国大学的课堂，为年轻的学子讲述《生命》以病房为场景“非场合”的创作理念，引发年轻人对生活场景的细致观察和对人生本义的挖掘，与此同时，也亲历着中国读者对文学的热度，如同当初对那个异体的对话：“我现在有了一个新的生命，一切归零，再次从头开始。”他播撒着创作的种子，而同样，他自己推开了中国的大花园，他的文学生命在中国这片古老而生机勃勃的土地上成长。

人民文学出版社编辑部的耕耘，成就着生命的热土，也培植着生命之花。世界浮云硝烟，文学——人类最后的共同家园，朝内大街166号在一路守候。感谢为再版作出努力的各位，致敬对《生命》热情不灭的你。

“对，重生，我将借此新的生命重新开始。”——瓦格纳说。

叶　澜

写于2019年冬